舜徽书系

学问思辨，乃求知之事，必先明于至善之所在，而后笃行不惑

舜徽书系

战时八省旅行记

川陕豫鄂游志

◎清音 喻血轮/著

郭志刚/整理

華中師範大學出版社

新出图证（鄂）字 10 号

图书在版编目（CIP）数据

战时八省旅行记 / 清音著；郭志刚整理. 川陕豫鄂游志 / 喻血轮著 ；郭志刚整理. -- 武汉 ：华中师范大学出版社，2025. 8. （舜徽书系）. -- ISBN 978-7-5769-1111-4

Ⅰ. I265.2

中国国家版本馆 CIP 数据核字第 2025SK6430 号

战时八省旅行记 川陕豫鄂游志

清　音　喻血轮　著

整 理 者　郭志刚

编 辑 室　学术出版分社

电　　话　027-67863220

责任编辑　熊　然

责任校对　张建英

封面设计　北京图阅盛世

出版发行　華中師範大學出版社

社　　址　湖北省武汉市洪山区珞喻路 152 号

销售电话　027-67863426（发行部）

网　　址　https://press.ccnu.edu.cn

印　　刷　湖北新华印务有限公司

督　　印　刘　敏

开　　本　787mm×1092mm　1/32

印　　张　8

插　　页　4

字　　数　132 千字

版　　次　2025 年 8 月第 1 版

印　　次　2025 年 8 月第 1 次印刷

定　　价　48.00 元

抗战时期乘火车逃避战火的民众

抗战时期的逃难队伍

广州学生举行抗日大游行

抗战时期转运物资的川江纤夫

前　　言

在战火纷飞的抗战岁月，一场旅程绝不只是简单的地理迁徙，而是特定历史的生动见证。本书收录了清音和喻血轮抗战时期的游记，这两篇游记不仅记录了行走中的山河风貌，更映照出那个时代的社会变迁、人文风貌以及个人际遇。

《战时八省旅行记》由民国时期的大华图书杂志社刊行，出版时间不详，作者清音的生平已不可考。这篇游记真实记录了七七事变爆发后，作者从上海出发，途经无锡、常州、镇江至武汉，又辗转广东、广西、江西、福建、浙江等地的艰难历程。游记通过作者个人的旅行经历，展示了战时社会的广阔图景，特别是沿途城市因战争而发生的变化。游记开篇描绘了上海在七七事变爆发后的紧张局势。清音当时服务于一家文化机构，因当局预料上海将成为“孤岛”，故决定将印刷材料和重要物资迁往武汉。他回忆道：“闸北炮火猛烈，剧战方酣，铁道中断，运轮已极其不便。”在离开上海时，作者目睹四行仓库的将士们“镇静的守住在岗位上”，而苏州河沿岸的火光与炮声，更显出战争的残酷与紧迫。清音一行人乘坐民船离开上海时，心中充满了对未来的不安与对亲友的牵挂。抵达无锡时，他看到了战争对这座城市的破坏：“车站，马路桥一带，许多平民住房被炸毁，死伤了好几百人，所以人心惶惶。大家忙着逃难，情况变得凄凉!”无锡作为江苏省内的工业重镇，原本繁华热闹，但在战争的打击下，工厂停工，商店关闭，人们纷纷逃离家园。在无锡的三天里，他强烈感受到战争带来的恐慌与不安，曾经的“小上海”如今只剩下一片废墟与逃难的人群。

武汉是清音此行的重要目的地之一，也是当时全国抗日救亡运动的中心。他描述武汉时写道：“热心爱国的名流，学者由各地集中到武汉来后，掀起了空前的救亡高潮。”在武汉，清音亲历了各界人士积极参与抗日救亡活动的场景，如“青年会等公共场所常有精辟的演讲”，他还聆听了杜重远、范长江、沈钧儒等人的演讲，这些慷慨激昂的演说深深激励了作者。此外，武汉的街头巷尾也充满了抗日的氛围，如“逢到纪念节日，街上常有游行的行列经过，我们的同事也都参加，宣传，唱歌，唤口号，更做着实际的救国工作。”清音抵达广州后，描述道：“敌机每天都要飞临市区，警报当然是常有的，它们起初还不任意滥炸，但到了五月下旬，屠杀市民的惨酷轰炸开始了。”在一次空袭中，他目睹了“全市五区都被炸，房屋倒坍，烧毁的有六百多幢，死伤市民达一千五百余人”的惨状。广州的街头巷尾充满了恐慌与绝望，市民们在空袭中四处逃散，而敌机的轰炸却毫不留情。清音在文中表达了对侵略者的愤恨：“这血债必须要用血来偿还！”

梧州是清音进入广西后的第一站，这座城市在战时成为广西的商业首府。他描述梧州时写道：“梧州是广西商业首府，称为全省第一大埠。”尽管梧州的繁华程度无法与广州、汉口相比，但在战争的背景下，它仍然承担着重要的商业与交通枢纽的角色。梧州的地理位置使其成为了粤桂两省贸易的总枢纽，本地土产从这里运出，而舶来品则通过这里转运到各地。桂林是作者在广西停留时间最长的地方之一。他描述桂林时写道：“桂林最先给我的印象是物价比梧柳两地更贵，街上和汉口同样有着外省人开的各种店铺。”随着广州失陷和武汉撤退，桂林成为西南地区的政治、军事、经济和文化中心。清音在桂林期间，不仅欣赏了当地的名胜古迹，如七星岩、龙隐洞、象鼻山等，还参与了当地的抗日救亡活动，如慰劳伤兵、义卖运动等。此外，桂林的娱乐场所也随着人口的增加而增多，话剧、平剧、电影等文化活动蓬勃发展，成为抗战时期的文化重镇。

清音在广东的梅县也停留了一段时间，梅县是客家人的发源地。他描述梅县时写道："居民都为客家籍。说的客家话夹有北方音，和广韶潮汕等地的粤语不同。"梅县的教育文化较为发达，每个村每个镇都设有学校，全县有众多的小学、中学和大学。梅县的公共图书馆和体育场也给清音留下了深刻的印象。尽管梅县在战争中也遭受了敌机的轰炸，但当地居民的团结互助和对教育的重视，使得这座城市在战时仍保持着一定的活力。

《川陕豫鄂游志》是鸳鸯蝴蝶牌早期作家、著名报人喻血轮在 1941 年底至 1942 年初随川陕豫鄂党政考察团考察期间所撰写的游记。不同于清音的"战乱纪实"，喻血轮将更多笔墨倾注于自然风物、人文古迹、风俗饮食与地域文化的记录。他详细描述了西安古城的风貌："西安为古帝王都……城为长方形，明洪武七年，就隋唐都城缩修而成……周围四十里……"。在河南洛阳，作者对龙门石窟进行了仔细的观察："遥望石洞如蜂巢……洞无大小，内外皆刻佛像，有坐有立，全身半身，不一其式 。惟佛像头部，悉被人凿去，究为何人所凿，言人人殊。中国人不善保存古迹，于此可见。”这些描述不仅反映了作者对历史文化的浓厚兴趣，也记录了战时这些古迹的保存状态。作者对各地的美食和风俗习惯也有生动的记录：“西安菜馆，多以饭庄名，其房屋愈古旧，则菜肴愈驰名……”“黄河鲤尤鲜嫩……盖食黄河鲤鱼，太大，则肉已老，太小，则肉未丰；以重二斤至三斤者称上选。菜馆必预购若干尾蓄养鱼池中，临食由厨司提一二尾至席前，任客挑选，选定后，告以烹食若干味，厨司即于客前举鱼掷毙，然后再付鼎釜。是夕鱼一尾，约价五十元，竟得蒸、烧、炸、汤四品，佐以河南宝丰醇酒……”他注意到西安人独特的穿着：“居民服饰朴素，不事奢华，就吾人所见，有一特异处，即青年女子及女学生均喜御军服，戴军帽，颜色以草绿及灰色为多。昔日长袍短裙尽行废弃。其大衣亦多棉胎布质，此固为俭朴美德，但使人莫辨雌雄。此外亦有好着航空皮衣者，大抵以娼妓为多；至于着丝袜高跟鞋、呢质皮领外套而自炫摩登者，除显宦巨贾眷属外，所见甚少，不似渝市触目皆是也。”他还提到“一人一株树，一家一群鸡，一女一纺车，一户一织机”的“四一”运动，这反映了当时西安一带的自给自足和简朴生活。

《川陕豫鄂游志》还记录了不同地域民众的日常生活状况。喻血轮提到西安的居民“虽在警报中，亦照常作事”，展现了当地人民在战时的坚韧与从容。在河南，作者对当地的商业状况进行了观察：“南阳商店，往往前后两重，各营一业……”，反映了当地商业文化的繁荣。作者还记叙了鄂北地区民众生活的艰辛：“鄂北因多山，产稻甚少，沿途所见，居民皆以包谷为唯一食粮，或煮或羹，或烤为饼，脚伕每人必怀饼一二枚，休憩时，出而食之。惟历来即缺食盐，人多淡食，尝亲见一老妪，为吾人煮面，其盛盐之碗，已经水涤入面，犹贪其咸味，不忍遽洗，其苦可知。”

《川陕豫鄂游志》连载于1944年《旅行杂志》第18卷第6—10期，同年十月，喻血轮又写了一篇《忆中原》，刊载于《文化先锋》第4卷第7期。由于两篇文字记述的都是同一次游历，本书遂将《忆中原》作为《川陕豫鄂游志》的附录收入。

八十年后的今天，抗战烽火早已散尽，而书页间的硝烟犹在。当我们的思绪跟随喻血轮漫步于潼关古道，或与清音同乘那艘摇晃的逃难小船时，我们所触及的，不仅是历史的风尘，更是一个民族在至暗时刻所展现出的不屈不挠的坚强意志。今天，当我们再次翻开这本书，那些用生命丈量过的山河，以原始的生死体验完成的庄严叙事，依然能够触动我们内心最深处的情感。

本书所收录游记均为民国时期作品，具有特定的史料价值。文中不可避免地带有其产生时代的印记，如："的""地""得"存在混用情形；标点符号使用中，存在一逗到底、句子过长的情况；若干用语、用字习惯与现行规范有所差异；部分地名称谓及行政区划与今制不同。为最大限度保存历史文献原貌，凡属上述具有时代特征之表述，整理时均依据原始文献录入，一般不做改动。对于明显的文字讹误和影响文意的标点，径改而不出注说明；对于疑误之处而无充足理由者，出注说明。望读者周知。

限于本人学识及能力，本书的整理校勘工作必存疏漏乃至讹误之处，诚望广大读者不吝批评教正。

郭志刚

2025 年 6 月 5 日

目　　录

战时八省旅行记

川陕豫鄂游志

战时八省旅行记

一 出 发

民国二十六年八月十三日上海神圣抗战开始的时候，我正在一家文化机关里服务，当局预料战事爆发之后，上海难免要变成孤岛，为使工作得以继续开展，所以决定了将印刷材料和重要物资搬到全国中心的大后方武汉去。

当时闸北炮火猛烈，剧战方酣，铁道中断，运轮已极其不便。向西迁移，陆路搭火车要先经沪杭路到嘉兴，转苏嘉路到苏州，再趁京沪路才到南京。水道方面长江下游已经封锁，只有坐小轮或民船从苏州河循运河西行。我们的同事一部份分批搭乘火车转辗向武汉集中，我和其他四位同人则奉命押运纸张、机件，坐了民船由小火轮拖带出发。

经过筹划，整理向军事当局请领通行证各项必要手续后，动身的日期已经是十月五日了。那天下午我们六条货船由小轮拖带着在枪炮繁密声中驶离了码头，过四行仓库时，我们英勇的将士还镇静的守住在岗位上，后来国军西撤，这些将士就成为八百孤军拼死血战而造用了震撼世界、彪炳千秋的伟大史迹！

我们的船驶行甚缓，慢慢的沿着河边前进，将近曹家渡时，远远望见一片火光，照得河水通红，一家面粉厂正在烈焰中燃烧，火势之旺，从未见过，大家都咋舌不已。前几天曾听说苏州河中北新泾的一段，敌人很注意，野鸡墩那个地方，不久曾被敌机炸毁过几条船，死伤了很多人，因此我们经过时，心中都惴惴然，希望安全的度过这危险的地方。

第二天船已离开上海一百多里，我们正庆幸着未遇到什么危险，忽然空中有了飞机声，一看正是标着红膏药的丑恶的日机，它在我们的船顶上盘旋又盘旋，且开了一阵机关枪。我们躲在船舱里面，心里极度恐慌，但不得不强自镇定，生命在那时已毫无保障，只好听其自然。那只敌机飞了好久才去，但隔了些时又有大队敌机来了，这次一共有十二架，都是双引擎的重轰炸机，飞临到头上时，小火轮的驾驶人吹出了紧急警笛，拖船全部解了绳，四下分开，每个人的脸色变成灰白，大家抢着木板、绳索，准备炸弹下来时，往河里跳。我虽还躲在舱里，看到大家那样恐慌，心里也着实害怕，谁想得到离开上海才一天，便遭到这样危险呢？我们后悔不走陆路而趁了船。

那批杀人的铁鸟在运河上空，我们的船顶上盘旋了一周后，不知为何竟掉首而去了。我们警悸之余再把船连系起来仍向前驶，黄昏时候，到了苏州葑门外。

二　凄凉的小上海——无锡

在苏州并没有耽搁，小轮装了一些煤又继续驶行，次日破晓到了号称“小上海”、京沪路上著名的工业区无锡了。在这里首先看到的是塘河里挤满了小船、划子，这些划子和小船的上面都装载着衣、被、家具，船上人正性急慌忙的摇向四乡去。原来这儿昨天刚遭到轰炸，在车站、马路桥一带，许多平民住房被炸毁，死伤了好几百人，所以人心惶惶，大家忙着逃难，情况变得凄凉！进了城，多数店家都关上了门停业避难，工厂是完全停工了。这第一次轰炸给这个城市的威胁非常大，听到警报声，人们都盲目的乱奔，不知何处可以躲避。白天连吃饭的地方也成了问题。我们急于想走，可是我们的小轮船这时却被军部拖到江阴运载部队，而不得不在这凄凉、恐怖的城市里等上三天。

无锡不但是江苏省内有名的工业区域，而且有许多的名胜古迹，如惠山、梅园、鼋头渚等，都是平时旅客们到此必须一游的所在，但在这乱离时代，没有那闲情逸致去这些地方欣赏游览了。我们在这里住了三天，只到过崇安寺和大公园，崇安寺是城里最热闹的地方，书店、文具铺的集中地。当时无锡的文化已很发达，虽在战时，读者还很多，预料抗战胜利之后，这里的文化还要普及而且更加发达，因为人口众多，地方富庶，学校林立，交通方便，有着良好的条件。

江南是鱼米之乡，物产丰盛，人民生活都很优裕，无锡更可作为代表。我们曾在一家叫大鸿楼的菜馆里吃了一餐很丰富的晚餐，四个人只用了一元五角，物价如此低廉，在我们到内地之后还回忆不止。

小火轮由江阴回来后，我们的货船又继续驶行，双十节的早上离开了这个未来有发展而目前正凄凉万分的县城，沿着运河前进了。

三　运河中的一夜

远在几百年前，这一条由南到北的要道运河，在交通上曾有过无限的贡献。当时漕运靠着它，两岸土地受它的滋润，无数的城镇依赖它得到了繁荣，自从铁路筑成后，火车代替了舟船，它的地位虽已降低，但今天我们终于又要靠着它来抢救沿海区的物资。这一条大河，不但在历史上有它的价值，就是在现代，它的价值还是存在。

由无锡开出后，经过洛社、横林、戚墅堰，便到了常州。在此曾停了一小时，船伕们上岸购办菜蔬，我们也到城里去了一次。这里情形很平静，不像无锡那样慌乱，但太镇静了也不好，战争爆发了，短时期内决不会结束，沿铁路的每个城市都难免要遭难，所以应该要急速有所准备，像当时常州那样阴沉的城市，一点也没有战时的气氛，是很可虑的。我们在城里走了一阵，仍赶回船，匆匆又向前行。

太阳西沉了，我们的船还在开行，本来打算黑夜里也要赶到丹阳的，但后来领港的人觉得河水太浅，恐怕深夜行驶，要遭搁浅，临时决定在新闸、奔牛之间歇下来过夜了。那是个四无人家的地方，黑黝黝只有我们几条船停在竹排旁，有一种荒凉凄惧之感！更深夜静，躺在船板上，想到上海前线的战事、留在那边的亲友，更想到国家民族与个人的前途，竟不能成寐。运河中的一夜是在焦燥不安中过去的。

四　过镇江到南京

船伕们起身非常早，远远听到了一二声鸡啼，天还没有亮透，大家都已起来。小火轮鸣了两声汽笛，船又开行了。这一带的运河是和铁道平行的，铁道的右边还有公路，幸得这两天常常下雨，减少了敌机的活动机会，否则难免又要来骚扰。因此我们盼望着气候能一直这样阴沉就好。

过奔牛经吕城到丹阳，这里有句俚词："奔牛那有吕城长，三十六里到丹阳。"到了丹阳，船舶西门城外，船户们又要上岸买东西，我们也闷坐了好久，便到城里去溜达了一下，看见市容很差，虽然已在城里，但只看见一些矮矮的平房。警察不佩枪，只背了一把大刀，却是新奇得很。据说最热闹的地方在城中心，但我们为了时间匆促并没有去。黄昏时到达镇江县属的新丰镇，船要在此过夜，上岸到一家小饭铺去吃东西，黑暗中摸回来，睡时空中正括着很大的西北风。

次日天明，船已离新丰镇，经丹徒口驶入了长江。长江江水湍急，内河小船禁不起江潮的激动，左右摇晃起来，坐在舱中略感头晕，饭也不敢多吃。船伙们全神贯注的把着舵，吃力的驶过了焦山峡，中午便到达镇江了。

这是我幼时随着母亲来过的地方，人情风俗还依稀记得，只是街道宽阔，人口增多，已非昔比。当夜住宿在江边的万全楼旅馆，后来这所旅馆被敌机炸毁，现在只有一片瓦砾供人们凭吊了。

在镇江因需换搭大轮，有一天的耽搁。我们曾去伯先公园游览，这公园是筑在半山上的，站在高峰上俯视浩浩长江，胸襟为之一畅。早餐吃的是当地有名的肴面与干丝，味很可口。此处市况甚佳，一则为江苏省的省会，二则为江南、江北的交通要道，往来旅客既众，商业也发达，比起京沪路其他几个大站都要好得多。名胜有金山、焦山、甘露寺等，都为游人必到之处，但我们这次都没有去。我们在运来的货物驳上民生公司的民族轮后，当夜就起椗开往南京。

当上海、南口前线战事紧张的时候，首都的情形如何？是我们非常关心的。因此民族轮在中午抵达南京一靠了岸，我们便急急想上去看看，虽然轮上的老茶房关照说船就要开，叫我们不必去，但我们还是兴匆匆的上了岸。岸上行人稀少，挹江门一带更见凄凉，我们由江边走向下关，街上商店又都关上了门，想来天气放晴，敌机又要来肆虐了。我们在邮局里寄出了两封信后，本打算进城一行，正在叫人力车时，呜呜呜警报声响了，车夫掉头急奔而去，我们也只好打消了进城的念头，赶回船上。轮船在这里装载了大批中央大学农学院的约克夏猪及荷兰乳牛，又搭上了许多中央大学的同学，他们是迁往重庆的，比我们的目的地还要远。轮船在京停不多久，警报解除后即向上游驶去。

五　民族轮上

民生公司过去为商办，现在算是官商合办。在卢作孚先生支持下，内部组织相当健全，船员、茶房招待客人都很谦和有礼，和别家轮船情形大不相同。我们所搭的这艘民族轮为该公司二等船，布置、设备都还不差，轮上到处有船员办事规章，茶役招待客人的标语都使旅人感到满意。轮中舱位本来早已预定一空，我们因为是押货人员才通融乘搭。铺位没有，暂住在饭厅里，虽然每天清早就要起来，但比起半月后南京撤退的人们要走无船或挤上了船，无法坐卧的情况是好多了。轮上七时开早饭，饭厅中只有两张桌子，每次十六个人吃，百余旅客要化二三小时才分批吃完。最后一批刚吃好，第一批的午饭又将开始了，茶房们就这样一天忙着侍候三餐饭。

黑夜里过芜湖并没有停靠，这产米的县城，那时屡被敌机轰炸，不知损失到了如何程度。早起在轮梢上漱洗，看着东边的太阳慢慢升起，两边山峰相接，芦花成行，江中风景真是无限美丽。但想到锦绣河山为敌人蹂躏却又不胜悲愤！民族轮沿途均未停靠，过了安庆、九江、湖口、黄石岗①，武汉三镇在望了。

六　武汉战时动态

轮船停靠到港口码头边时，最先触入眼帘的是江汉关的巍巍大厦，其他沿江的建筑物也都很雄伟高大，使人有

① 岗，疑应为“港”。

深刻的印象，华中第一大都市，果然名不虚传。上了岸坐着人力车经过悠静的住宅区，到了闹市的江汉路，把行李安顿好了之后，朋友们便约着去吃湖南名点莲子羹和“豆皮”——猪油煎的粢饭糕。却也有一种风味。

那时正当淞沪前线吃紧，徐州又在大会战中，政府重要机关都已准备西迁。京沪路、津浦路、陇海路，沿线各地，许多不愿做奴隶的人们也都逃难来汉。汉口市上的人是挤满了，大小旅馆完全轧足，所有的住房全都租借一空，日用百货也暴涨起来。大家的生活虽受威胁，但都没有怨尤，只抱着一个希望，就是抗战到底，要争取最后胜利！

汉口原有帝国主义的余毒，英、法、德、日等租界，英、德二国的战前已经收回改为特区，法国和日本的那时还存在着，日侨撤退后二个月，政府才派人去占领、接收日租界。我们曾随了接收人员到几家日本人的住屋去参观，见他们室内的布置都很整齐，有几处房中还搜出步枪子弹和详细的中国大地图，处处地方可以看出他们居心叵测谋我之深！靠近江边的法租界，后来是汉口惟一的特殊区域了，一些有钱的人都想在那里寻觅住宅，准备避难。空袭警报之后，人们都把这小小一块地作为世外桃源，以

江汉关

为敌机不会来炸，岂知后来武汉沦陷，敌人封锁法租界，

汉口街景

汉口码头

仍使住在里面的居民遭受到饥饿与恐怖的威胁。

热心爱国的名流、学者由各地集中到武汉来后，掀起了空前的救亡高潮。青年会等公共场所常有精辟的演讲，我们曾去听过有杜重远、范长江、沈钧儒、陈绍禹、邹韬奋诸位先生，他们慷慨激昂的演辞到今还深深印在脑际，但其中杜、邹二先生现在已经先后去世，为着拯救祖国而死了，我们失去这样两位良好导师，能不悲痛!?

当前线战事越趋激烈，军士死伤也更惨重，晋北大白川一役，我们的高级将领郝梦龄军长也壮烈阵亡了。灵柩运过汉口时，致祭的团体与民众，非常众多，对着这位卫国牺牲的将军遗影，他们忍不住流出了热泪！中华民族能得最后胜利，都是前线将士滴滴鲜血凝成的。

抵御强暴的长时期中，我们每一个人都将遭受到重大损失。当我到武汉后只二个半月，突然接到上海父亲电报，说母亲在青浦乡间避难得病，不治去世了。那时哀痛欲绝，急想回沪奔丧，但为交通所阻，又受同事劝慰，只好含悲忍泪仍留在汉口。战争使我们母子骨肉分离，倭寇是我最大的敌人。

在武汉每天的生活都很紧张兴奋，逢到纪念节日，街上常有游行的行列经过。我们的同事也都参加，宣传，唱歌，唤口号，更做着实际的救国工作。我们曾组织了慰劳队到汉阳鹦鹉洲的长街会馆去慰劳伤兵，参加的共有男女三十五人，浩浩荡荡由汉口王家巷码头坐渡轮过襄水到汉阳东城门，再步行了五六里路才到目的地，把慰劳品、慰劳信分发给每个为卫国杀敌而流血受伤的武装勇士，使他们精神上稍稍感到一些安慰。其中曾有一位王连长，他是太仓作战时受伤的，承他告诉了我们许多战场上的情形。知道我们是上海来的，他表示不能守住上海，向我们抱歉，这句话真太感动人了，我们含着泪紧紧握着他的手，说不出什么话，其实这并不是他们军人单独的责任啊！

汉阳的鹦鹉洲在历史上也算是一个名胜的地方，但我们在那里并没有看见什么，只有一所破旧的古寺矗立在夕阳影里而已。这里本来还有兵工厂和炼钢厂，但非常时期是禁止参观的。

早在九一八的时候，我们就喊航空救国了，但抗战以后还未见我们的空军大规模与敌人作战。二十七年二月十八日武汉又有警报，这一次我们的空军出动了，而且造成了赫赫战果，把敌机击落了五架，以后的一次又击落十二架，这使武汉镇每个人都感兴奋。各界自动的举行庆祝空军胜利大会，在江边集合了无数的人，旗帜飞舞，口号狂

黄鹤楼

由武昌黄鹤楼眺望汉口

呼，一路高唱空军歌，游行在整个汉口，情绪热烈，达于极点。台儿壮大胜利捷报到汉口，亦疯魔了全市，爆竹纸片满街都是，群众的兴奋，亦难形容。

由汉口趁渡轮过江二十分钟便是武昌，这是民国历史上有名的古城，是革命纪念地。上岸先看见的是黄鹤楼，拾级而上，沿路两边墙上有许多石碑，其中有一块王羲之写的“鵞”字，笔力的确很雄伟。三国戏剧里的黄鹤楼本身早已毁灭了，在那高阜上虽也有几幢楼屋，但都是些茶馆、照相室，并没有什么可看的，倒是站在蛇山公园的最高处望着大江东去滚滚波浪，会使人激发出凌云壮志。

武昌城里有一家享有盛名的缣红牛肉铺，店址很小，但吃客众多，往往要排队等候，我们曾去尝试了一下，觉得滋味的确不平凡，店中有党国要人的题字，身价更被提高起来。据说这店的老板原是军人，现已过世，一切烹煮都由老板娘亲自上灶，每天限售牛肉六十斤，而且只应市三小时，六十斤肉卖完便关门休息，这是武昌城中一个小小的奇闻。

著名的武汉大学便在武昌西南的珞珈山上，我们曾去参观过，校舍都是宫殿式，碧绿的琉璃瓦在太阳下发出闪闪的光，球场上许多大学生在打球，四周空气清鲜，环境非常悠静，真是研究学问的好地方。珞珈山下有个东湖，湖水青翠，可以游泳，我们雇了几条游艇在湖中作划船比赛，直至各人力乏兴尽才回来。

在汉口住上半年多，因业务上需要，在儿童节的午后，我们又趁上粤汉铁路火车调往广州去了。

七　粤汉车中

从汉口搭渡轮过江到徐家棚，这是粤汉铁路北段的第一个车站，我们的列车很准时的在下午二时开出了武昌，远望对江曾住过半年多的汉口，和那里的许多老友分开，不觉黯然了半晌！

车行不久，遇到当时英国驻华大使卡尔由广州开来的专车，车顶上覆着英、法两国国旗，是恐怕敌机轰炸而特别标出的。黄昏时到咸宁，过了咸宁便是北伐时有名的大战场汀泗桥，那里四面皆山，形势险要，确为兵家必争之地。

夜里车行甚速，我们虽购了卧车票，有铺位可以睡卧，但睡在铺上犹似躺在摇篮里，摇摆不已，加上思潮起伏，竟一夜未得安睡。天明车已过岳阳，早出了湖北省境，在湖南省城里了。夜里睡不熟，白天更不要睡，索性起身坐在窗口看车外的风景。

到长沙的时候，车子停的时间较久，大家都下车散步，喝茶，买食物。这湖南省的省会有岳麓山作屏障，湘江水贯□南北，地理形势造成了它的优越地位。后来战局内移，敌我两军数次争夺这个大城市不是没有原因的。长沙地区很大，火车绕着城要走好久才开出郊外。车中有些无知识的人拿着吃剩的面包、果皮一类向行人猛掷，作为笑乐，被掷的人望着车子大骂却又奈何不得，这无意识的下流举动看到了只使人气忿。教育不普及，自己同胞相互欺凌笑谑，是抗战建国的一大阻力！

车行速率甚高，但有时停顿起来也很久，在涂田车站让了后面的特别快车，又等了前面的武广通车，然而再前驶。一到衡阳，车头待修，曾停了三小时，因此深夜二时才到郴县。为防空袭，列车便在此过夜，此处虽尚属湘省境内，但已有粤人开设的店铺，我们吃的早点便是广东的面食。六时开车，中午十二时到了湘粤交界处的坪石。车站背后山上有极高大的屏风，大家从未见过，叹为观止。过了坪石，车就渐渐开上山坡，机车吁吁的喘气，列车跟着一步步挨，显得十分费力，一到下坡才又加快，这样一会儿上，又一会儿下，快慢不定，直到驶出了山坡。粤汉路风景美丽是闻名全国的。这一段更是好看，车的右边是很阔的滩，溪水在乱石中往下流，激出雪白的泡沫，左边就是笔立的山峰，怪石错综，野花满谷，左顾右盼，可使人心旷神怡。

粤汉铁路全程共长一千〇九十六公里，它的工程实在伟大，因为是沿山开筑，一路山洞很多，最长的山洞须走五六分钟，每个旅客都禁不住要异口同声加以赞美。由武昌到连江上都是在黑夜中开过，许多被敌机炸过的地方不能清楚的看到。天明七时平安的到了广州，素称危险的粤汉路，我们安然渡过了。

八　大轰炸下的广州市

华南重镇的广州市，最初给我的印象是女比男强，妇女多数体格强壮，男子却大都瘦削异常。车站上的脚伕、河里摇船的、街上的踏车夫、码头口的苦力大都是女人担任，男的多数坐在茶馆里饮茶。有钱的人每天以饮茶为最好消遣，没有钱的平民、苦力也每天以坐茶馆为乐。这里茶馆最低级便宜的有一分钱一壶的，茶馆里每天早上、午后、夜里都挤满了各式各样的茶客。广东的女人以劳力换来的代价供给男人饮茶享福，是比别省妇女不同，也是重男轻女的社会观念所造成。

长堤一带是银行、轮船公司、酒楼、旅馆、大百货店的集中地，市况非常繁盛。我们初到时曾借宿在东亚旅馆，里面设备很好，和上海的大旅馆不相上下，可惜夜里蚊子太多，不容易安睡。饮食方面并不如理想中便宜。较

长堤路远景

长堤马路

大的酒楼都雇用了女招待，这些女招待任客打情骂俏，最大希望是要求吃客多偿几个小账。马路多数是柏油沥青筑成，很宽阔整齐，路边还种着一排排梧桐树，很像上海的住宅区。人行道上面多数有骑楼，下微雨的时候，行人可不受影响。市上使用的是广东省银行发行的厘券，每元折合国币七角，因此赚国币的人到此便感觉物价便宜，无形中好像加了三成薪水。

广州有三多，一是沿街的小吃摊，二是设备简陋的电影院，三是路上擦皮鞋的苦孩子。小吃摊上的东西都很便宜，如云吞、牛肉面、鱼生粥、杏仁茶、各式甜品等，每种只要一毫子。电影院几乎每条比较热闹的街上都有，放映的却都是些男欢女爱、古装落后的粤语片，对于抗战根本无关，这教育大众的电影在广州竟然丝毫不起一些宣传作用。贫苦的孩子们捏着一只小木箱到处向行人兜揽，擦鞋一双，只有二个铜元，他们都失去了求学的机会而流浪在街头，但并不曾听见有人提出过救济的办法。广东是富庶的，广州是繁荣的，但富庶与繁荣和最大多数的人们无关。

汉民北路是这里的文化街，书店、文具、字号都集中在此，当地学生、小职员们求知欲都很强，抗战时期的销路非常广，因此有许多书贩子翻版出了许多畅销书，侵害了作家们的版税收入。广东青年的热情是可钦佩的，可惜缺乏良好的领导，没有发挥出巨大的力量。那时也看不出广东当局对于防御敌人有何准备，巨大的民众力量未利用，以致造成了后来仅仅十天快速的时间，失掉广州这个华南第一都市的大祸！

广州永汉路北新书局

朋友曾陪着我们去游荔枝湾，又登临过中山纪念塔，前者在市面郊外。静静的河里停着几艘漆着红绿颜色的画舫，有年老的女人上来兜揽生意，据说船里有妓女陪客，在船上可以逍遥自在的。我们没有闲钱也没有闲空，所以

广州街道

并未去领教过，匆匆走了一阵就回来。中山纪念塔，筑在观音山上，这塔在下面看时似乎并不甚高，但到了山上，却还要走许多级扶梯才到顶上。在塔顶上远眺，广州全市都收眼底，景色又是不相同，把广州、汉口相比，广州市区的面积要大得多了。纪念塔里有各省市政府献来的纪念碑很多，都砌在四壁墙里。总理伟大的人格，真使人无限敬佩！观音山上还有中山先生读书处及陈炯明炮轰总统府等遗迹，都使我们有徘徊凭吊、不忍离去之感！

在长堤对面有一小岛——河面是租界区域，面积甚小，但颇整洁，岛上有洋行、商店和外国人的住宅，一切行政都不属我政府，这是不平等条约下的余毒，抗战胜利了，相信这畸形的情形一定会消除。

广州近海，大鹏湾外就停着敌人的航空母舰，因此敌机每天都要飞临市区，警报当然是常有的。它们起初还不任意滥炸，但到了五月下旬，屠杀市民的惨酷轰炸开始了。第一天上午十时半，我们虽在警报声中，仍照常办公。广州市民对于防空素来是很忽视的，他们平时在敌机飞临市空时也不躲避，有的还昂着头看。那天还是老样子，行人车辆交通如故，但重浊的机声越飞越近，且听到了它们俯冲声。炸弹落下来后，爆炸的震动力使屋宇摇撼，门窗破裂，街上立刻大乱了，行人像潮水一样急急的自北向南流去。北区民房大多已被炸中，由平台上瞭望，有好几处地方在冒浓烟。次日报上整幅的刊载着敌机兽行的详情，总计全市五区都被炸，房屋倒坍，烧毁的有六百多幢，死伤市民达一千五百余人，这是广州市的空前浩劫。虽然损害如此严重，但敌机还不肯罢手，以后的三天还是在加紧屠杀平民。我们在此紧张的形势下，听到了警报便赶快跑往长堤的爱群酒店等高大的建筑物里躲避，避

日机轰炸后的广州一角

2-3

日机轰炸后的广州街道

难的人是挤得不堪，门窗关闭了，连呼吸也困难，但室外飞机俯冲丢弹时的呼呼声仍使人听了毛骨耸然，许多人的脸变了色，妇女孩子们吓得伏下地去。敌机威胁的力量如此巨大，广州可说是毫无空防。

有一次我们在警报解除后回到办公处去，好几条街被警察拦住了走不过，原来都被炸了，死伤的市民横卧在街头，真是怵目心伤！惠爱西路的转角上，一个妇人携着一个小女孩和一个男子在谈话，突然放声哭了起来，是她的丈夫遭难了。敌机兽行造成人类大惨剧，这血债必须要用血来偿还！

经过接连不断的狂炸后，热闹的广州市在白天变成死城了，夜里虽然稍稍苏醒，略有行人，但有时有了夜袭，更觉可怖。市民多数逃往四乡，也有去香港、广西、韶关的，留居着的人心都忐忑不安，各种商业都入了停顿状态。我们的工作是不能中断的，大家商议后便又随着避难的行列去香港转往梧州。

九　香港一瞥

由广州到梧州，本可趁广三铁路火车，到三水转搭轮船入桂，但在大轰炸下广三线遭了损害，暂停开行，只好也由香港转道去梧。

是一个有月亮的夜里，敌机来窥视过才去，警报解除，不久我们就赶往大沙头广九车站。站里的人是挤满了，费了无数唇舌，费了无数气力才购到票，到月台上要挤，上车又要挤，到了火车里已经筋疲力尽，不能动弹。战时旅行本已苦痛，逃难趁车的情形更非笔墨所能形容了。

广九铁路当时为我国与海外交通的惟一大动脉，敌人自然不肯放松而被认作轰炸的目标。沿路大小各站都弹痕累累，创伤很深。但路工们都很英勇，敌机刚刚炸毁，我们的路工立刻出动修复了，使火车行驶照常，并抢运了许多必要的物质。因为轰炸频繁，路巷①松动，列车行驶得

① 路巷，疑应为“路基”。

很慢，天亮了还未到深圳，深受敌机威胁过的旅客又焦急起来，怕还要遭到轰炸的危险，好容易穿过了几座长长山洞，火车把我们送到了九龙。车站建筑很雄伟，站内站外整洁异常，我们由紧张带着血腥气的广州来到这平和安静的九龙，好像是两个世界。

从清洁整齐的九龙搭坐小火轮渡海，十五分钟便到了闻名已久的香港。上岸第一个给人的印象就不好，许多苦力争着上来抢掮行李，挥之不去，街道狭而脏，人行道上摆满了吃食摊，使人不容易走，住的旅馆，房间狭小而索给奇昂，饮食居更因我们是外江佬而大敲竹杠。那里青年虽多是广东同胞，但其中有受英国奴化教育的影响，以“打皇家”工（在香港政府机关内办事）充满了自私自利，对于祖国、对于抗战他们似乎都漠然无关，教育的普及与改善是今后重要工作之一。

香港的人物行政不能使人满意，但这个海岛的风景是挺好的，海水青翠，绿得可爱，扯旗山上有环绕全山的柏油路可供人悠闲的散步。我们曾化了一角港洋坐着上山，电车到达高峰，俯视全岛，见四周绿水环绕，市内屋宇栉比，自己好像已在图画中了。

这小小岛屿，外表美丽，却包藏着天堂与地狱的两

香港远景

由维多利亚峰俯瞰香港全岛

面，最大多数的人是过着贫穷饥饿、污秽龌龊的生活。这里有贩卖人口的拐子，运销雅片的毒犯小偷强盗，一天中不知有多少罪案在发生，但高贵的外国人、有钱的富绅们住在山上富丽的住宅中，他们并不关心这些的。这小岛在夜里由对岸九龙远望过来，是满山灯光，美丽动人，但在美丽好看的里层却是一个无限悲惨的镜头。

十　进了广西的大门——梧州

在包罗万象、殖民地化的香港只住了二天，看不惯那个不平的世界，我们急急离开了它，又踏上到广西去的征途。坐的是一艘名称“江苏”的轮船，船上舱位共分六等，我们购的是五等票，还有铺可睡，那六等大舱中的贫苦同胞只有席地而坐，谈不到睡卧了。当然头等、二等的大菜间和唐餐椅是比较舒服得多，但票价太贵，非普通旅客负担得起。上船之前有海关水警来查行李，他们目的不在查私货，乃在撤旅客的竹杠，硬要捞钱，旅客如果坚持不给，他们会把你的行李翻得一榻糊涂，不可收拾，为了怕麻烦，我们十几件行李也被诈去了好几元港洋。这些海关水警都是中国人，却仗了外人的势力，鱼肉同跑，实在与汉奸无异，想到他们的无耻，气愤了半天。轮船于上午九时卅分离香港码头，我们匆匆的来又匆匆的去了。

船上饭食价钱很贵，且都以港币计算，当时港币折合国币，一元要换三元，后来且升到五元。为了节省，我们只有吃最便宜的客饭，有时船停靠在中途，便向小艇上买些云吞面或沙河粉以代饭，却也经济有味。轮船过了三水，便在两边山峰夹峙中的西江里向西直驶，傍晚抵□肇庆。轮泊中流，并未靠岸，许多穷苦小贩，坐了划子上来兜售什物，但都被船上水手阻止了不准登船，看着他们失望凄惨的苦脸，心里非常不忍。

睡眼朦胧中过了都城，醒来船正鼓足了劲向前驶行。起身后茶房送来一盆黄泥汤般的洗脸水，这是西江中的江水，深黄而带着泥沙，不能作饮料，只可漱洗，但毛巾在这水中洗了几回，雪白的已变做姜黄了。在船头上呼吸新鲜朝气，望着两岸连绵的山，江中滔滔不绝的水，觉得祖国如此广大，现在竟被倭寇步步侵入，无限感愤！

八时半远远望见了处在万山丛中的梧州市，踏进广西的大门了，心里说不出是高兴还是难过，被敌人逼迫着离开上海到汉口，又由汉口到广州，现在又到了这山市的梧州，人真像一叶浮萍到处不定的飘流。

梧州是广西商业首府，称为全省第一大埠，它的繁盛热闹比起广州、汉口却相差甚远。走上岸首先见到的是一条寂静的街，不但车马稀少，行人也不多，靠码头一带的房子都为泥土和竹木造成，看来极不坚固，到了大街上才稍见整齐，有较高大的市屋。也和广州一样，人行道上有骑楼，且在骑楼的墙柱上钉着一个个铁环，起初我们不懂这铁环的用处，后据当地人告知说，这里每年七八月里常发大水，江水泛滥上岸，路上要以舟代步，这些铁环便是用以系船的。

这里的语言、习惯、风俗、人情、衣着、饮食都和广东相仿，人民比较肯吃苦耐劳。在桂省当局三大政策之下，民团的组织最有成绩，壮丁制度的确比别省办得好。我们曾看见一队应征的壮丁在大街上走过，都很自然高兴，后面有送行的人吹着军号、放着鞭炮，不像别处地方送壮丁入营要用绳索紧紧捆住，弄得愁眉苦脸，像押解罪犯那样凶相而使人不快。

大凡一个城市的人口多，商业盛，文化发达，主要为天然的地理形势造成。梧州地当西江、抚河之冲，为广西省的门户，朔江西上可达柳州，折南到南宁循抚河西北行

梧州城远景

则可达平乐、桂林，交通条件使这个山城成为粤桂两省贸易的总枢纽。本省的土产集中在此运出，一切舶来品、日用百货则由香港、广州运入再转运各地，它在商业上的地位的确非常重要。省府当局在此设有饷捐局，对于外来的化妆品等奢侈用具课税特别重，据说这捐税含有协助军饷、限止人民消耗的两种意义。

梧州的教育相当发达，每个镇每个村都设有国民小学，中学有县立的、省立的及私立的若干所。在西江的南岸还有一所国立的广西大学化学院，我们曾去参观过，那里地方清静，风景甚好，建筑设备都很完善，学生们生活很简朴，穿的都是土布的制服、军帽、布鞋，毫无上海一般大学生那样西装革履的奢华习气。

这里也有一个飞机场，是渝港航线的歇足点，我们的军用机、民航机也时有飞过，因此敌机便常来骚扰。警报响了之后，我们都往街后的北山上逃避。这是一座并不十分高的土山，山上掘有不少防空洞，山顶上还有一所中山纪念堂，这是平时各公团开会借用的地方，里面还有个图书馆，可惜藏书很少。站在中山纪念堂前鸟瞰苍梧，全市可尽收眼底。

有一次敌机空袭梧州，我们曾受了很大的虚惊。那天正当中午，刚预备吃饭，忽闻凄厉的警报声响，街上立刻大乱，商店急急关门，行人东西狂奔。我们整理文件，走得较慢，踉踉跄跄跟着大群的避难者后面奔到了半山，更使人听了发慌的紧急警报又响了，但我们还很镇定，跑进一所苗圃，等到听见飞机的声音，警护人员便不准大家再走，只得就在一棵松树下面蹲着听炸弹隆隆声和机枪的拍拍声，捏着一把汗。毫无掩蔽的避难，毕竟太危险，后来便不顾警护人员的吆喝，急奔进了山洞，虽然山洞里人是挤满了，闷热得利害，但心理上似乎觉得安全得多。可是后来敌机去后，山洞里避难的人都出来准备回家，天忽下起大雨来，苗圃的荷花池中有一座“育苗亭”，我们许多人都到里面去躲雨，不想这座木亭年久失修，人进去得太多，载重过量，突然坍塌。我们如乘电梯下降一般落入水中，上面亭子的顶又罩了下来几乎压死。一时女人叫，小孩哭，乱作一团，幸得亭子的顶是草盖的，荷花池水也较浅，只受了些微伤，就由亭子外面其他避难者的抢救下，大家全部脱险，虽然是一场虚惊，但现在回想起来还有余悸！

广西全省通用的货币，除国币、粤币之外，主要的为本省省银行发行的桂币，桂币一元仅合国币五角，因此生活程度较低，各种土产都很便宜。食品中有著名的纸包鸡，为此间酒楼中惟一名菜，风味绝佳。果品中有荔枝、柚子，都价廉味美，我最喜欢吃的是“马蹄沙”，这是用荸荠磨成了粉冲入开水，再加糖和桂花，清香扑鼻，非常可口，每夜浴后，到街上去散步，总要吃上两碗，虽然吃得汗出如浆，总不忍舍去。那“马蹄沙”每碗只要几分钱，实在是最大众化的食品，现在离开梧州好久了，看见街上的藕粉摊，常常会想起那山城里的“马蹄沙”。

有一次看了欢迎当时英国大使卡尔的经过，整个梧州都掀动了，每家商店里的国旗早早就挂了起来，午后更见繁多而整齐，街上一天打扫了好几回，有一点破纸垃圾立刻就检掉了。站岗的警察一律把破旧的褪色了的制服脱掉，换上了崭新的黄斜纹衣裤，特别又穿起了皮鞋。我曾看见一个警察在巡行的时候，常常低头看着身上的新制服而发笑，大概他内心是欢喜极了，因为迎接贵宾这个机会，使他穿上了新的制服。

西江边的大南路码头上就扎起了一座彩牌楼，悬了许多旗，又挂了不少灯，大小长官、公务员、壮丁、平民都在岸上参加欢迎，盛况虽不及各大都市举行的什么大典，但接一个外国的使者，如此郑重，在梧州也算空前了。下午五时半，北山上响了号炮，表示英大使将到，后来便见三辆新的汽车载着贵宾和他的随员巡游全市，马路两旁挤满了好奇的观者，这是山城里少有的盛况。

但在这迎宾盛况过后不久，广州出人意外的很快就失陷了，这里的空气突然紧张起来。我们便在紧张危迫的气氛中，一行三人又离开这山城经柳州去桂林。

十一　柳州三日

本来从广州到梧州的水程非常便利，轮船二天便可到达，因此广州沦陷的消息一传到，人心便惶急起来，恐怕敌人会利用浅水兵舰乘机进攻广西。政府当局一面忙着筑防御工事，用许多大石块沉在鸡笼口，把西江封锁了，一面出布告，叫人民迅速疏散。当然走的人非常多，但交通工具缺乏，公路汽车太少，几只“拖渡”又不够分配，码头上每天有许多人在等候，我们留着无益，也一起参加入疏散的人群向桂林迁避。船票赖朋友帮忙买到了，上船时也得朋友之助而免挤轧之苦，当船由上流驶来还未靠岸，人们已早雇好了划子抢先登船，靠了码头更一拥而上，挤得水泄不通，直到开行之后，才渐渐松动了些。

拖渡是粤、桂两省特有的木船，船身较普通的高大，分上、中、下三层，由小火轮拖带驶行，速率比民船快，但比电船慢得多。这次同船的有著名作家巴金和他的女友陈小姐，后来他们到桂林便同居。还有编《见闻》和《宇宙风》的林憾庐老先生等，他们都由广州流亡来梧州去桂林的，我们挤在一起，大家说说谈谈，虽在流离之中却也破除不少寂寞。当夜船抵蒙江，我和一位朋友曾上岸去看了看，却是一个极不热闹的乡镇。

在船上最成问题的为大小便的不容易解决，船尾上只有两间厕所，每次只能容纳一个人，一船搭客有五六百，早上大家都需如厕，于是厕所门前排成队，往往要守候多时才挨到。痛苦之状可以猜想。

船在水流湲急又多暗礁的西江中向上流驶行，船伙十余人都全神贯注、目不转睛的注视着前面，操纵着船身，让过礁石，冲过漩涡。这关系全船生命财产的工作，是非富有航行经验的人担当不可的。因为这一条水路，流急滩多，船只经过，偶一不慎便要失事。我们在平南到桂平之间曾见一条拖渡横卧在江里，四边还有人坐了小划子在打捞东西，据说这条船还是昨天触礁沉没的，听了大为寒心，也可见这条水道的难行而需要修浚。

到桂平曾进城一行，登岸的地方是西门，城墙很低很矮，令人想起古时战争爬越城墙的情形。桂平旧名浔州，为太平天国洪杨革命的发源地。对于这历史上有名的城市本很仰慕，但进了城，见人口稀少，街上冷清清的一点不热闹，房屋虽还整齐，马路也很阔，可是商业不见繁盛而生活程度却极高，买了些食物回到船上，心中有一种说不出的惆怅！

过了桂平之后，船行在浔江中，一路又都是连绵不断的山。这些山不像西江两岸的光滑，都是怪石错综，丛枝密茂，有的在圆顶上面还有个小尖顶，像个蒙古包，有的山顶上另外生出一块似人头，更有的像天然的城墙倒插入水中，形状都很怪异，大自然的景色真是奇妙不可思议。

船上生活，过的日子多了，只希望早些到达目的地。我的邻铺有个小孩只有二三岁，生得又白又胖非常可爱，白天他不吵不闹使人欢喜，但一到夜里就哭吵不停，母亲好像是一个军官的太太，生了一副三角眼，非常凶狠，白天骂女佣，晚上就打小孩，闹得全舱不安。我接连两夜都被哭声、骂声吵醒，怨愤到极点，却又无可如何。孩子不明事理，母亲应好好教导，一味打骂与事无补，只是使别人讨厌。

将近石龙之前，曾经过一个著名危险的地方老龙滩，那里水流特别急，礁岩特别多，小火轮开足了马力，拖渡还是只向后退不能前进，船伙们用尽了气力，还是驶不上去，搭客们都着急起来，好容易把拖渡靠近了岸，用竹篙撑着才一步步渡过难关，船上的伙友已经焚香，点烛，放爆仗，施纸钱，把一切退神退鬼的法宝都放出来了。

到石龙后，因上游水浅，拖渡不能再驶上去，乘客便都要上岸，这是柳江县属的一个小镇，本来没有什么旅客往来，现在突然到了几百个外江佬，小镇上立刻热闹起来，饭店家家满座，二三家小客栈早已为捷足者先得，我们向一家住户商量了好久才借宿过夜。

石龙到柳州有汽车可通，但到车站上去一问，说车少人多要先登记，然后购票，我们为工作紧要，想早些到桂林，便另搭小包车先走——汽车穿过了大大小小许多的山渡过了柳江，午后二时便到了绿水环抱中的柳州。

在柳江南岸下了车，最要紧的是找寻旅馆，因为柳州是广西省内的交通中心，公路四通八达，向东北到桂林，西南入贵州达重庆，南面可到梧州南宁，每天有不少汽车来往，又大都要在此过夜。我们到的时候正当广州撤退，各方集合在这里的人更多，旅馆的难找是意料中的事，我们来回奔走了好几次，才觅到一间小而且脏的房间，勉强的渡过了长夜。第二天本想就去桂林，但汽车票子难买，比我们早到几天的旅客登记好了还走不成，我们也只好耐心的在此等候趁车的机会了。

柳州城区在柳江的北岸，由南岸坐小划子渡过河水青翠可爱的柳江便进了城，城中人口尚密，商业不及梧州，但在桂省也属重要地位。有一个柳侯公园，是纪念唐诗人柳宗元的，他的墓也在里边。园内布置清雅又兼桂花盛开，香气扑鼻，是个公余散步的好去处。这天我们因候车赴桂未成，便到园中来游览，忽然听到思柳堂中乐声大作，走去看时，原来正在举行追悼空军烈士洪炯柱的大会，洪烈士是九月十三日那天敌机袭柳时以一机与敌机一队激战为国牺牲的。在会场上瞻仰到他的英勇的遗影，无限哀痛！抗战中多少优秀的人才大量的牺牲了，我们侥幸活着的，能够糊糊涂涂的过日子么？默默的坐在亭子里，秋风起时落叶满地，对着这肃杀的景象，真是万感交集！

出了公园，在城中一家饭店里吃饭，这里的名菜有五柳鱼豉、汁鱼等，大都由柳江中捉来，因为新鲜所以就比较好吃，伙食价钱还算便宜，但比起梧州来已经贵多了。此间日用百货、衣料五金都由梧州运来，西江吃紧时，这些东西都飞涨起来。

柳州不但是广西省内的交通中心，而且是军事重要地区，有空军军官学校和飞机场。偶然的机会我们在车站上认识了一位王立民飞将军，他是航空学校第三期毕业，现任柳州航校教官，为人豪爽健谈，他告诉了我们许多空军的故事，都是悲壮热烈，又兴奋，又有趣。他的体格魁梧，眼睛有神，给予我们的印象很深，临别的时候还写了“真实同志”四字以留纪念，希望这个真实同志别来无恙，并有重见欢谈的一天。

因为是军事重要地区，敌人当然也不甘放弃，所以常常有警报，敌机也常来袭击。警报响了之后，城里的人都躲到郊外或公园简单的防空壕去，而在河南的人则比较安全，可以到山上的天然防空洞避难兼游览。我们在柳州三天中，几乎天天有敌机来侦察投弹的，到过的避难室有驾鹤山、马鞍山等处，都是利用天然筑成的防空安全场所。许多妇女孩子一早就来躲在山洞里，连住在对岸城里的人也每天像搬家一样把衣箱行李摆渡抬了上山，情形是可悯也可笑的。在山上有很多的小吃摊，他们都利用空袭来做好生意，避难的人们口渴了，肚饥了，就买些糕饼柚子吃，直到黄昏时分才各自回家。

在旅馆中睡不安适，很早起来了，旅馆的主人告诉我说在离开柳州十二里有一个鸡拉镇，那边有酒精厂和铁工厂，沿路风景很好，可去看看。因早起无事，朋友们又都睡着，便独自一人沿着公路一直向东南，在万山丛中迎着太阳光，这风味很特殊，公路上四野无人，只有山石、树木、青草、黄土，脚步踏在泥沙上簌簌作响，顾前瞻后，觉得天地虽大却惟我一人。走到目的地，见是一个很小的镇上，只有三四十家人家，一所酒精厂和一所铁工厂。镇上住户都是厂中职工。这里的市面可说全靠着这二个工厂，眼前虽还不怎样发达，但以后抗战形势转移，一定会扩大发扬的。在镇上一家小茶馆里歇息了一会又步行回来，这里到柳州虽有轻便铁道车可坐，但因等候时间关系，还是走回来的。

我们闷在狭小的旅馆房间里等候搭车，焦急苦闷只有过来人才会知道。我们候了三天公路车，还未见有何希望，于是只好设法向司机疏通，多出了些小费附在一辆装货车中去桂林，汽车开过了立鱼峰折向东北和柳州告别了。

十二 桂林山水甲天下

塞在装满了货物汽车的尾部，不透空气，驶出市区速率加快，颠簸得利害，头晕起来便有些受不住，只好再向司机情商，请他停一停，换到车头上来坐在一只汽油箱上，才继续前进。中午到了荔浦，刚走了一半路，大家下车吃饭，这里饭店对于司机是特别客气的，同样代价的客饭，司机们的菜比旅客要好得多。这原因是为了司机经常在这条公路上往来，可以介绍旅客到他所认为满意的饭店里去吃饭，所以每家饭店的老板和伙计对于司机格外巴结，也完全是为了生意眼。抗战之后内地几条主要的公路上，司机可说是天之骄子，他们由海口装货到大城市，获利至巨，所以生活非常阔绰，狂嫖滥赌，旅馆中都是司机们的天下。从上海初到内地的人有时不注意叫他们为汽车夫，便要受到他们的白眼，他们以为汽车夫这个名字是轻视他们，一定要叫司机才算尊敬。我们所坐的这辆货车的司机架子也非常大，路上汽车要加水或者过河时摆渡，他都命令着他的下手去做这样做那样，态度很高傲，似乎我们这几个人搭他的车子都是不出钱白趁的。我们心里虽然不满意他，但有时不得不敷衍他，只想早到目的地，少看他不可一世的嘴脸。

过了荔浦之后，地势渐渐高起来，在平地上忽然耸出许多山峰，这些山峰都像石柱般，一个个不相牵连，有似春笋从地面里直穿出来。到了阳朔，这些山更是奇形怪状，看不胜看，有句俗谚："桂林山水甲天下，阳朔山水甲桂林。"这是说阳朔的山水比桂林还要好，但好到如何程度，因汽车并未停留，不能仔细游览，只觉得那里的山确比别处多，也确比别处雄伟希奇。

午后二时半，过了将军桥便到了桂林南门城外，汽车不开进城，我们只好步行进去。在城门口有军警检查行李很严密，对于外省旅客还要加以盘诘，这制度在抗战时期为防敌人间谍混入是很需要的。到了办事处，有老同事陪了去吃东西，桂林最先给我的印象是物价比梧、柳两地更贵，街上和汉口同样有着外省人开的各种店铺，来来往往的行人中也有着不少江浙来的外江佬。那时正当广州失陷，武汉撤退，桂林已成为西南方面政治、军事、经济、文化的中心，由湘鄂粤港各地迁来的机关日多一日，地位更显重要了。

桂林城区

到了桂林一定要去欣赏一下甲天下的山水，最著名的要算是七星岩，这是每个旅行者到此必游的所在。岩在东门城外，那时漓江大桥尚未筑成，出了水东门要步过以许多小舟拼搭而成的浮桥，过了清澄见底的漓江，再走过古色古香的花桥，才看到这一座高山，岩洞很大很深，洞内黑魆魆不能行走。洞口有当地土人拿了火炬作向导，只要化几个钱，他便会引着进洞去，从前岩走到后岩，并且讲着广西土话告诉游者，什么金滩银滩、跑马场，有个洞门可通衡阳韶关啦等等神奇的传说，他姑妄言之，我们也姑妄听之。但见岩内前后洞穿，石乳倒挂，以地理常识来判断，这里几千百年前或者是大海，这些岩石为海水冲积而成的，这有待于考古学家的考证了。七星岩的岩洞既那么深而且广，作为防空壕真是再合适也没有。后来战局转移，敌机常来袭桂，这里果然是住民天然的避难场所，警报一响，挤满了人头了。

桂林的名胜除七星岩之外尚有龙隐洞、月牙山、象鼻山、东湖独秀峰等处。龙隐洞相传在从前有一条巨龙藏在里面，后来为人发觉，便破壁飞去不再回来，现在洞顶岩石上隐隐显着麟形的龙身给游览的人猜测凭吊。月牙山上有宋朝狄青的纪功碑，通俗小说“五虎平西”的故事就是产生在广西省内的，抗战中有名的昆仑关便是当年狄青大

桂林府、七星岩

破侬智高的地方。象鼻山似一头大象站在漓江中饮水，东湖在城中，四周有环湖公路可通汽车，风景宜人。而中山公园内的独秀峰更是城中惟一高地，当时已作为防空瞭望台，非特殊关系是不能登临的。中山公园有山有水，并有菊花大会等点缀，是人们公余的好去处。

桂林娱乐场所本来并不多，但随着各地迁来人口的增加而加多了。除了本地特有的桂剧之外还有话剧、平剧、电影等。桂剧我们听不懂，只去看过一回。平剧是上海二三流角色在唱，生意非常之好，这是看戏的人太多而戏院太少之故。话剧自从许多名导演、名作家如田汉、欧阳予倩、洪深、金山、夏衍等到来后便勃兴起来，上演的好戏很多，拥有大量观众，在抗战中曾起了很大作用。有一次我们去看了朝鲜义勇队演的《朝鲜的女儿》，剧本编得很好，革命的戏剧由革命的团体来表演，格外生动感人，在我国抗战期间演出更有重大意义。电影院开始映的是一些陈旧的古装片，后来也开映苏联战事名片了。因此在夜里，我们也常作电影院的座上客。

敌机的轰炸是随着敌人的进攻策略并行的，那年的冬天，桂林被它认为大目标而加以滥炸了。记得是十一月三十日那一天，共有四十八架敌机来袭桂林，在热闹的市区丢了许多烧夷弹，房屋被毁的达全城四分之一，人民死伤

被日机炸毁的桂林铁桥

甚众，著名的抗战作曲家张曙也在那一次轰炸下牺牲了。

当天火势过大，到了夜里还未全熄，桂林每个住民的怒火也同样在燃烧。警报响时我们要奔出丽泽门到西郊的山坳里去躲难，但至后来，敌机对躲在山里的平民也要狂炸了，又曾炸死好多人，这血债只有血来偿！

在桂林和汉口同样可以常常听到许多著名学者的演讲，有一次我们在中华职业教育社听普及教育家陶行知的演讲，讲题为“全面教育与全面抗战”，听的人非常之挤。陶先生年纪在四十左右，很白很胖，平顶头，戴了眼镜，穿着一身青色学生装，态度很壮严，但言辞幽默有力，他的白话诗是有名的，现在我们又常常可以在报纸刊物里看到他的作品了。另外还听到过郭沫若、胡愈之、陆诒诸先生的演讲，都是针对时局，指示着青年应走道路。在那样的环境里我们的生活很愉快，觉得时时刻刻有一股热力在推动着，要我们切切实实的为国家民族多出些力！

当长沙大火的时候，由衡阳退到桂林的人格外多，我们一个知己好友也循湘桂铁路，挤坐在火车车顶上到了桂林，彼此相见后欢欣异常。当夜二人长谈直到深夜还不想睡，“他乡遇故知”的喜悦之情是不足为外人道的。此后我离开桂林又走了好几个地方，这个知友便是我同行的陪伴。

日机轰炸后的桂林市区

为慰劳伤兵救济难民，在这古城里曾一度展开了热烈的义卖运动，不过普通的商店都是虚应故事般敷衍了一下就算，其中只有几家书店最努力，最起劲，成绩也最好。我们为了义卖运动曾亲自到茶楼、酒馆里去向吃客们劝销，倒也能博取他们的同情，销出不少货物，使伤兵难民们多得一些实益，心里十分安慰！我觉得为国家社会效力，工作是多方面的，并不限定在那一点。

十三　金桂通车中两个客人

在桂林这古城里住了四个多月，为工作需要我们又迁调了，迁调的地点是先到金华再去粤东。是一个雨后的初春夜里，我和我的知友二人又开始踏上旅途。送行的朋友很多，有的还老远的送到北门城外车站上，冒了风寒走很多路，这情谊永远存记在我们心里的。金桂直达通车那时还开办不久，是贯通浙桂等地东西交通最便捷的一条大动脉，我们便趁了这列车前往目的地。那天到车站时间尚早，列车还未进站，把朋友们请回去后，二人便席地而卧，等候上车，半夜里借着油灯的光买票打行李，天将亮车子才进站。是一式的蓝钢车，从陇海路上抢救回来的，车身宽大坚固，整齐美观，车内设备又好，在国内铁道车辆中素称第一流。我们能无意中搭坐这样完美的火车，当时觉得非常愉快。

黎明六时列车开行由渐而快，雄厚的城墙不久便看不到了，这古老的城市不知几时重行相见，难免有些临别依依。近午时车过黄沙河，和整个广西省也分别了。湘桂路沿线的泥土色分两种，广西境内土色黄燥，出产稀少，而一入湖南，土色便转棕红，青山绿水，眼前农作物也丰富起来。只一省之隔便相差悬殊，湖南可说得天独厚，广西却可算是天生的苦命，但苦命的肯争气奋斗，还是有办法。

车上遇一陈姓军官，他是来桂林受训期满再去南浔线前方的，大家谈战事形势十分详尽。他说话态度很好，语句也老练，可惜惟武器论的观念太深，听了心头涌上一片暗影。南浔线后来不久果然失守了，士气真是战争胜败最大的因素。在我们卧铺的上层有一位章君，是汉口人，曾毕业于上海震旦大学，他对于抗战却极乐观，认为只要军民合作，抗战一定可得最后胜利。这两个车中客人和我们都谈得很投机，希望海水有相逢，重得把晤的机会。

晚十时已到衡阳西站，因过江的桥梁被敌机炸毁了，全车乘客要下车渡江到东站再换车，平添不少麻烦。幸站上脚伕很多，而且很好，由车上把行李掮上船，又送上对江的车上，竟不取分文，这虽是车站应负的责任，但总觉可感的。过了湘江重行上车，二人都已倦极，便摊铺入睡，列车何时开行也不知道，次晨七时醒来车还停着，一看已经到了株洲。列车在此加水添煤后又向前驶，但已折入浙赣路，在株萍段上了。上午十时到了一个小站“老关”，忽然来了警报，大家都下车跑到一个土山上去躲避，二小时后敌机飞过，车才续行，但在午后四时过萍乡不久又传警报，不得不再下车避难。据车中侍者说最近几天南昌前线吃紧，浙赣铁路沿线各站常受轰炸，旅客们听到这样的消息不免深具戒心。

车上的膳食很好，我们每次都到餐车里去吃东西，坐在那沙发椅上平稳舒服，忘了是在战时旅行了。车上客饭每客仅五角，蛋炒饭只要三角，照当时的物价虽已很贵，但在桂林出来的旅客看来还是便宜的。黄昏，车到宜春，有很甜而又价廉的橘子可吃，这里用的钱币以江西裕民银行的钞票为主，浙、湘两地的省银行票勉强还可通用。浙赣路沿线各站都贴着抗战标语，有一个中心口号是“人尽其力，物尽其用，时尽其效”。这口号其实在胜利之后建国的过程中也十分需要而求其实现的。

十四　鹰潭受惊记

车声辘辘中我们仍甜睡了一夜，早晨醒来精神很舒畅，旅行虽辛苦却并未影响到我们的健康。七点二十分过东乡，铁路两旁有炸弹痕迹，更有二节客车倒在轨旁，据说是昨天才炸倒的。这时因路基松动，车行远率减低，走得很慢，又因天气太好，全车旅客都在绉眉头，怕敌机来袭，而在东乡至鹰潭间是一片大平原，没有掩蔽躲避的地方，所以格外担心，但担心并无用处，意料中的危险终于遭到了。八时四十分，车刚刚开到鹰潭，准备继续进行，忽闻紧急警报，车上那个忠厚的老茶房急促的催大家下车，我们就跟着人群奔向车站北面的乡村里去，因为是平原，树木又不茂盛，还不曾找到躲藏的地方，已经听到了飞机声，没法中只好先往两棵只有人身那样高的小松树下躲避。三架丑恶的兽机到了车站就分开低飞打旋，我们极其清楚的看到它的红膏药徽章和炸弹丢下来时的姿态，当炸弹刚离机身发出丝丝丝声音沉向地面时，我们不敢看但又不得不强自镇定的看，因为要看它掷弹的方向，作躲避的准备。当时紧张、恐惧，超过了六月六日在广州的那一天。

敌机很笨拙的丢下了五六个炸弹，都在路轨旁边，除了惊死一个老太太、伤了二个女人外，并没有别的损失。日本的空军只是吓吓老百姓而已。敌机去后又等了好久，大家才回车站，但刚上车不久忽传又有警报，大家只好再逃，连我们搭趁的蓝钢车也开走了。旅客们在乡村又等候了两小时，听到汽笛连叫，大家才回去改趁了后面开来的特别快车，赶到前边一个小站童村，才再换上原来的通车。旅客们各回原座，幸喜东西一点不少，只是受了一场大惊吓！

十五　火腿闻名世界的金华

金桂通车由桂林至金华，照规定只要七十二小时就可到达，但我们这一次列车在浙赣线上因为空袭误点太多，第三天夜里七点钟才过江西边境玉山，这是个很整齐的大车站，予人印象很好。过了玉山便入浙江省域，深夜三时方驶进这以火腿闻名世界的城市——金华。当老茶房叫醒了旅客把行李收拾好不久，列车已经到站。忠厚的老茶房手段欠快，许多客人都不给小费下车了，看他很着急，非常同情，我们二人多给了他一些，觉得这个老茶房因秉性忠厚而受客人欺负，深深代为不平。

下了车把行李交给了脚伕，就在漆黑中摸进城去，因为电筒在桂林送给了朋友，这时吃了很大的苦，好容易借了路人一盏灯笼的光，才找到住宿的地方。过了一夜，次晨很早便起身，上面店里去吃点心。这里菜馆里每种菜都有些火腿丝放在里面，在这古色古香的城市里吃火腿的机会可说是特别多。

自从敌人占据了杭州以后，金华的地位便突然增高起来。如今这古老的城市已成为全浙商业的中心，繁盛热闹比桂林有过之无不及，街上最多的是旅馆和菜社，都忙着招接由鄂桂湘赣各省来的办货客人，绸缎杂货铺中挤满了人，都做着巨大的生意。老板们都获利可观，笑逐颜开，这是抗战的赐予！

这里风土人情完全江南式样，使我联想到嘉兴、松江等地的景色，更使人会想起上海的家，本来这里离沪很近，可以趁机一行，但听说敌人在海口搜查□紧又滥捕青年，不免有些寒心。这古城在上午有四郊的乡人提篮挑担来做卖买，所以非常热闹，午后便清静得多，而一到夜里九点钟后则一切都沉寂了，商店没有夜市，因此大家只有早早入睡。城里有二条街最热闹，一是法院街，一是西市街，这两条街成了一个丁字形会合在一起，规模较大的店铺大部份开设在这两条街上，成为金华繁荣的中心。

夜里睡了，街上有小贩叫卖粽子的声音，朋友曾请我们尝试过几回，滋味的确甚佳。那小贩的粽子，豆沙比火腿还要好吃，假使以后有机会再去金华的话，一定要多吃它几只。我们在金华本来是过路客，打算住一二天就走的，但为朋友挽留了，又多住五天，临别的前一天曾被邀到郊外去踏青拍照。江南的风景毕竟是美丽可爱，在田野里所看到的有红的桃花、绿的杨柳、青青的草和金黄的菜花，更有小桥、流水、草舍、茅屋，都是富有诗情画意。这些宜人景色比起广西山水来各有不同的美感，尤其在离开江南故乡很久的人眼光中看来，更有徘徊不忍遽去之感！

在保甲处办好移动手续，我们又匆匆离开金华，向我们的目的地进发。

十六 丽温道上

闹钟的声音惊醒了我们，时间正五点钟，二人下了床，在摇摇烛光中收拾行李，朋友们情谊深厚一定要送行，也早早起来了。漱洗后隔夜约好的挑夫已到，便在浓雾笼罩下的睡着的街道上走向城外的汽车站去。因为连下了几天大雨，河水陡涨，到汽车站去经过的一条浮桥两头已被水淹没，渡过时要涉踏着水，鞋袜尽湿，这在自己无所谓，而对于送行的朋友却感到抱歉！

到了汽车站，金丽长途车已等候着，车上坐着的客人很多，我们买到票子再上车，座位已没有，只好站立在车中过道上。搭客虽挤，幸喜窗门大开，空气流通，开行后并未发晕，但有二个小孩却呕吐得利害，看了代为难过。

汽车在清晨七时半离开金华，因天下大雨，公路泥泞，驶行四个半小时才到丽水。由缙云到丽水这一段都是山，汽车在一边高山一边溪水单行道中前进，转湾太多，很觉危险。途中看到两处大瀑布，浩浩白练由山上直挂下来，景色特殊，不觉脱口唤好。

到丽水的时候车站上正好有一个朋友在接候家眷，可是他的家眷没有到，却把我们接去了。大家乘人力车进城，休息后上丽水合作社吃饭，这是当地青年们主办的消费合作机关，日用百货、饭菜点心都比普通商店便宜，客饭尤其清洁卫生、味美合算。饭后在街上溜达了一下，又去名胜地南明山、仁寿寺、三岩寺等处游览。南明山在城南，要渡过大溪河，山上颇有旧小说中所描写的洞天福地景界。仁寿寺中之佛像雕刻极精，叹为观止。三岩寺则在丽水的西北角，有常年不断的珠瀑，好像是水帘洞。我们在寺里品茗看瀑，坐了好久才回到城里。这一天走了二十多里路，出了不少汗，夜饭后去浴室洗了个澡才甜蜜的睡去。

照预定计划，我们在丽水住宿一夜后次早便启程往温州，但被这里的好友挽留住了，又多耽一天。空闲着曾去中山公园和民众教育馆参观，中山公园设备简单并无什

1938 年日机轰炸丽水城区

么可看，民教馆中内容尚好，可惜书报陈列得太乱，如果加以整理改善当好得多。地方上公共设备，必须要有专门的人才和经费来支持的。

当我们决定动身去温州的那天，倾盆大雨由隔夜下起，直到天明未止，在床上听着雨点打在屋瓦上的响声，心中十分烦闷。朋友说："再留一天吧，这样大雨去趁车是很不便的。"热情美意，自然难忘，但经过考虑后从床上跳下来了，觉得青年需要有决断心，在丽水没有什么事做，何必延挨？天虽下雨，还是应该走的。我们去志既决，朋友便忙着为我们整行李叫车送上车站，更代我们去买车票，在雨中看着我们的车开才回去。在这冷僻的小城里想不到会遇到这样一位热忱可亲的好朋友，真是欣慰而可感！

丽温车在早上七时开行，一路冲着浓雾大雨前进，速率很快，因为提早上车有位可坐，在起初一小时内身心很觉愉快，看看两旁的阡陌和山水，更看到极其壮观的大瀑布，深感眼福不浅。但是后来的一小时为天雨窗门闭塞，受空气的压制，竟发晕不舒服起来，幸得不久车抵青田，大家又要换乘小船，在船上躺了一会始得恢复。青田出产有名的图章和石砚，我们为了赶路都没有买。小船由人力划驶，二小时后抵温溪，再转搭小火轮拖带的木船向东行进。午后四时二十分到达温州，码头上旅馆招待和人力车夫强拉客人，此抢彼夺，喊声震天，我们便在这混乱叫嚣情形下踏上了温州。

十七 出瓯江到汕头

被旅馆招待员半劝半拉的拖到了一家名叫新新的旅馆里，这旅馆名字号叫新新，内容实在古旧得很，家具多数已经破坏，生意清淡，房间都空着。码头上招接我们的人现在一变为茶房，端面水、冲茶都是他了。温州语音本来非常难懂，但这个茶房说的都是江苏话，交谈之下才知他本业是唱平剧的，随了班子到浙江沿海一带来演唱，卖座不好班子散了，便流落下来在此当个小茶房勉渡生活。虽然是平平淡淡的一件事，却含着无限辛酸味道！

在设备简陋、伙食粗劣的新新旅馆中过了一夜，第二天便有当地友人来邀去住在他们家中，并承招待到一家温州菜馆去吃海鲜土产，不但风味殊异好吃，价钱的便宜更出乎意外。皮件在这里是著名的出品，我们曾买了二只皮箱及二条裤带。内地住得久了，看惯了小城市里的古代建筑，现在到了海口温州，又见到了近代都会的典型，走在宽阔的马路上，看着高大的洋房，有一种异样的感觉。

由温州出口的壮丁必须要先到戒严检查所去登记办理申请手续，我们幸得友人相助并未留难，很快便批准了。第三天恰巧有一艘货轮出口，开向汕头□港，我们就搭上这货船离开温州。船在黄浊的瓯江中缓缓向外驶去，出了港口就入大海，风平浪静时海上的景色是好看的，波涛澎湃，风帆点点，鸥鸟飞翔在船尾追捕小鱼，太阳的升起与没落霞光万道，更是一幅极美丽的图画。

船近汕头，风浪大作，缺少海行经验的人要呕吐发晕，站立不住。大家都躺在帆布床上转侧不安，直到驶进了汕头，海面才平静下来，大家又收拾行李准备上岸。当时汕头正在敌人威胁下，敌机时来轰炸。我们的船刚靠拢码头，正见五架敌机翱翔上空向东飞去。上了岸，宽阔的马路上行人稀少，商店家家关门，原来正在空袭警报中。在闹市中区的中央旅馆放下行李休息，又洗了个澡，等警报解除才出去吃饭。这里是粤东首埠，商业向来繁盛，但此时情形迥异，大非昔比了。

我们本来打算在汕头设立办事处，居住相当时期的，但为了局势紧张，谣言纷繁，敌人登陆的传说日甚一日，大有风声鹤唳、草木皆兵之势。当地的商号住户都纷纷内迁，市况萧条，贸易清稀，不得不另定计划，也随着最大多数的商号迁移到韩江上游的嘉应州——梅县去。

十八　梅县——客家人的发源地

潮汕铁路正响应着汕头军政当局疏散人口的计划，举行半价优待市民回乡，由汕头往潮州沿线各站□取半价，但由潮州回向汕头则需照收全费，韩江中的民航轮船也采取同一办法，这使市民越发觉得局势的严重而急念打算迁离。我们走的那天趁的是下午六时开行的上行车，为了敌机不停轰炸，火车在白天早已停驶，夜里来回也只开两班，车站上当然又是挤满了人。好容易轧上了车，却见这条路线的火车和别处稍有不同，车身比较狭小，行驶速率缓慢，外省人称它为小火车大概便是这缘故。潮汕全线里程并不长，车行二小时便到，下车步行到城里，在旅馆中歇了下来。托茶房探听去梅县的船期，据说明天止有一艘电船开行，因此便提前入睡，准备次日一早上船，可是旅馆里的人声太杂了，打牌声与妓女歌唱声乱作一团，躺在床上好久还不能睡熟。迷迷糊糊到了天亮，就起身到码头上一问，电船开行的时间尚早，独自一人便在街上闲逛。潮州大街上有一特点，便是牌坊特别多，全是什么御史、大夫、进士、举人这些封建制度遗留下来的东西。横跨在韩江上面有一座湘子桥，桥身很长，据说八仙中韩湘子九度文公的故事便出在粤东。潮州出名的糖果糕饼，式样和滋味都非常好，比上海广□糕饼店的东西还要甜美，下船时曾买了一些，作为旅途中的点心。

电船于上午九时开行，两广人所谓电船便是我们常见的小火轮，燃用柴油，速率尚快，但因逆水之故，由潮到梅要行驶二天以上。韩江中的水很黄浊，流得也急，沿江一带风景颇佳，但我们无心观赏。我们一面忧虑着潮汕局势的变化，一面又担心敌机来轰炸，所以极盼这电船能驶行得快一些，可早到目的地。

电船在韩江中行了二昼夜，第三天中午到一个小镇松口，因为上游水浅不能直达梅县，便停驶了。由松口到梅县尚有三十六里，陆上可搭长途汽车，水道可坐民航小船循梅江抵梅县。前者费用较大而时间经济，旅客心急，多数舍舟坐车。这长途汽车是商办的，商人惟利是图，载重超了量还不肯就开，直至车内挤无可挤，连车头两旁也站满了人才启行，中途经过险要的九里山，迂回盘旋了好久，越过高峰便到了梅县县城。

梅县旧名嘉应州，地当梅江、程江之冲，为粤赣、粤闽交通要道，有公路通韶关、赣州、上杭诸地。战前铁道部本已改筑广梅铁路直达省会广州，抗战军兴，计划停顿，胜利后大概仍要兴筑的。居民都为客家籍，说的客家话夹有北方音，和广韶潮汕等地的粤语不同，据古老的传说，在五胡乱华时代，这一些民族是由黄河以北避难移居来此，先到梅县，后来又分布到邻近的兴宁、五华、平远、燕岭各县，所以梅县可说是客家人的发源地。由于当地多山，土地贫瘠，农产不丰，男子多数远涉重洋到南洋各地谋生，他们胼手胝足辛苦工作，每年把所得薪资汇回国内，为数甚巨。受了外国文明的影响，当地人士对于教育文化比较重视，每个村每个镇都设有学校，因此学校特别多。据非正式的统计，全县有小学三千所、中学二百余，还有两所大学。一条最热闹的凌风东路上设有十几家书局、文具店，供应着许多学生的需要。在北门城外公路旁边还有一所绿瓦红柱、建筑得富丽宏伟宫殿式的公共图书馆，环境幽静，屋宇宽敞，是个读书好地方，可惜的是

梅县沿江街道、码头

主持乏人，缺少新的良好的书刊，还有待于地方人士的改进。体育场场地广大，设备尚好，每天清晨有许多青年在那里打球运动，这县城是比较富有朝气的。

我们到梅县只有半个月光景，粤东门户梅潮咽喉的汕头便为敌人占领了。□岭东各县形势顿觉紧张，汕头、揭阳、潮州等处逃难来梅的人日益增多，粮食缺乏，物价狂涨，有岌岌不可终日之势。而在紧张混乱中敌机又时来轰炸，更使人心恐慌，犹似大难即将临头。整个梅县变为死城，白天商店关门，行人绝迹，夜里稍有市面但也凄凉异常，这可怕的景象延长至一星期之久，直到敌人固守汕潮，不再进逼，才渐渐恢复过来。

关于敌机空袭梅县，曾有一段神奇的传说，事情尚发生在广州沦陷之前。梅城西北郊外本也有个飞机场，场中时有我国军用机、民航机经过停留，只因粤东一带敌人间谍密布，每逢我机飞到，就遭敌机空袭。有一次我们的空军当局故布疑阵，在飞机场中停了两架木制的假机，诱敌来炸，敌探不知就里，果然通消息报告，沿海敌舰派了三架水上机飞来轰炸。两架木头飞机在重磅炸弹之下当然全毁，但那三架敌机中的一架却为我们埋伏在半山里的机枪手射中了，坠入梅江，另外一架见同来的敌机受创，想设法营救，看到梅江辽阔，以为水深可以降落，不料降下后竟深入污泥不能飞起。这两架敌机便为我军夺获，机中几个飞行员虽拿了机关枪逃入深山，后来也被捉住入了俘虏营。这故事为每个梅县人所乐道，也可算是空袭中一支有趣的插曲。

敌人固守潮汕沿海，未向岭东山地侵攻，梅县情势缓和。商人们又活跃起来，成群结队的开辟了出口的新路线，走东江经惠州出大鹏湾到香港去买办了许多的日用品、五金、衣料、文具回来做好生意。我们虽未去香港办货，但在福建南平却有一批存货可转来应梅县人士需要，因此在梅城局势比较稳定时，我们又去了次福建。

十九　粤闽行

粤闽仅一省之隔，梅县至上杭间有公路可达，交通本算便利，但是长途汽车都属商办，短短一段路分给好几个商人承包，于是比较热闹的地方，一天有几班车来回，边僻之处竟有了路并没有车，这畸形不合理的现象，抗战胜利后是必需要消除的。

我们由梅县趁早班汽车到蕉岭，即转搭另一家公司的车往岩前，到了岩前就跨出广东省境而踏进福建了。岩前是一个小小镇市，但风景很好，有一个大凸岩，岩洞深密，里面有庙宇佛像，岩前之名即由此得来。镇上还有所国民小学校，屋宇整齐，地方宽敞，设备也完全。据说这学校的创办的人是一个师长，他出身贫苦，无力求学，由行伍开始，因功升到师长，便出资在家乡设立学校，培植子弟，这样贤明的军人是值得大家敬仰的。

到岩前天已黄昏，必需在此宿夜，全镇旅馆只有一家，设备家具都极差，睡在破烂的蚊帐里为跳蚤所扰，竟夜不能合眼，苦痛的候到了天亮，便去汽车公司门前等车。车开出来了，一看却见一辆无篷的货车，大家只要有车可搭，坐不坐全无问题，便都爬了上去。由岩前向东北行，地势平坦，车行甚速。午前十一时到了十方，这里也是一个小镇，但比岩前更冷落，更穷苦，全镇店家寥寥可数，饭店菜馆不多，却有几个狗肉摊在招徕着过路的客人。

从这里到上杭□路是完好的，但是竟没有汽车往来。原因据说是为了来往行人较少，货物运输不多，汽车承包商人无利可图，所以大家都放弃了这一段公路，以致有事去上杭的人只好劳动两条腿跑路，要舒服虽可雇坐轿子和骑马，但时间上说起来是太不经济了。我们到十方后并未休息，即雇了一个土人掮行李作向导开步，走向粤闽边境福建第一个县城上杭去。路上风景很好，山溪里流水淙淙，陌田间野花盛开，我们用游春的心理来赶路，却也忘了疲倦。途中曾见许多妇女，她们的发髻梳向前面，髻上插了二把小刀作为□饰，这是闽地妇女的特点。这四十多里路化了五小时时间才到，公路两旁每隔三五里有茶亭可以休息，这公路原是依据从前人行大道改筑成的。夕阳含山时，远远望见了上杭城，大家□加紧脚步赶进城去，在中央旅馆里歇了下来，洗脚，吃饭，入睡，一天的旅程告终了。

内地城市很少繁华热闹，尤其是边僻的县城上杭，城里统共只有一条大街，所有商店都在这一条街上。福建省银行在此设有分行，我们为汇款事曾结识行里一个姓胡的职员，他是浙江宁波人，谈起来也算是同乡，非常亲热，初次相见便硬留住了吃饭。在几千里外的异乡客地中，江浙两省人相逢，大家都以同乡相待，中国人的同乡观念是很深的，其实同乡果然可亲，一国同胞不也可亲的么？

上杭有福建省营公路局，有车可通朋口，但汽车只有一辆，我们到的前两天，为了下雨，朋口并无车□，交通便停止，心急的旅客等候不及，有雇了轿子赶路的。我们为怕途中不安全，决定在上杭□汽车。次日午后，正在公路局门前打听消息，忽然鸣鸣声告诉大家汽车到了，是一辆上遮芦席的卡车，可搭客也可装货。旅客们已等了两天，都欢喜的准备上车，但局中职员通知此车损坏要加以修理，须明天才开，于是又在上杭多耽了一夜。第二天天还未亮，我们便起来，在星月交辉之下向公路局去，门外候车的人已聚集很多，这许多的人，一辆卡车是容纳不下的。我们怕向隅搭不上去，终赖胡君帮助，由公路局后门进去先上了车。后来大门开启，人们一拥而入，车上挤得不能动弹，许多妇女老人无法上车都退了回去，这夺门而入、争先上车的一幕是很紧张的。

车由上杭开出，迎风疾驶，爬过好几座高山，渡过两条大河，三小时后到了朋口。这是长汀县属的一个小镇，却是闽省西北隅交通要道，由朋口换乘正式客车，于午后四时到达连城。

到了连城又须过夜，为第二天清早搭车便利计，要住在离车站不远的旅馆里，这是一家住户，临时应过路客人需要而招待住宿的，设备除一只床铺外，什么都没有。我们未带棉被，只好另外出钱向别人家租来取暖。在大都市里居住惯了的人们，到穷乡僻壤的地方来，一切都感到新奇而不舒服。

连城是闽省的二等县，城区不大，却也有一个图书馆，里面还藏着很久很多的上海新闻报。我们曾到一家饭店去吃饭，这里煮饭是用许多小碗，盛了米和水放在一只大锅中同煮，煮成的饭米粒坚硬，好像广东的蒸饭。这地方是闽省的产米区，所以饭价便宜，那时每大碗只要几分钱，一人吃四五碗也只化二三角钱而已。在连城住宿一夜，次日清早就上车站坐上公路车，继续我们的行程。

二十　福建战时省会——永安

“福建省公路局的长途汽车可算国内最好的”，这句话说得并没有过份。我们由连城去永安，就是坐着由美国定制来的客车。这车车身坚固，行驶稳捷，座椅一律是皮制沙发，又宽大又舒服，旅客坐在车里好像躺在藤榻上，而且对号入座，无须挤轧，这一点虽属平常却也难能，直到现在我们还是要赞美福建省的公路办得的确有成绩。其实任何事业都可以做得好，问题只在于负责的人肯做不肯做而已。

永安全景

汽车由连城向东北行，一路都在丛山之中，上山下山不停的盘旋着。旅客们半躺半坐的倚在皮椅上看车窗外面的风景，如坐飞机中一般。有时前面有车驶来，两车互鸣汽笛，彼此相应，山谷里也响出回音，好像同时有无数的声音。这山中行车的情景是好看而有趣的。

午后一时许抵达永安，这是战时福建的省会，自有一番新气象。街上行人众多，有不少是江浙方面新来的，也发现□烫发的妇女，摩登习气都已由沿海吹到这山城里来了。旅馆家家客满，饭店生意兴隆，新开的店铺店号都用上海什么行、南京什么公司之类，几条比较冷静的街道，当时也正在赶造房屋，预料以后的永安将更趋繁荣。

我们在永安因借不到旅馆，便在一个朋友家中权宿了一夜。晚饭之后，曾往城中热闹区作一番巡礼，见这里各种货物都很充足，日用百货由上海、香港运来，尚未中断，所以价格要比粤东便宜。书局有好几家，并有一家改进出版社，发行了几种刊物，又出版很多新书，文化似乎还发达，这新的福建省会希望它产生新的力量!

次早大雨如注中我们再搭乘公路汽车到了南平，这是闽省的交通中心，公路向东往建阳通浙江，向西过永安往江西广东，水道循闽江可去福州出海，地理条件优越，形成为闽省商业的枢纽。福州紧急声中，省会虽已迁往永安，但省府许多机关在南平设立办事处，最大的原因就是因为这地方交通便利容易呼应。商业当然很发达，许多货物都在这里转口，所以市面非常繁荣，可惜气候不大好，常常下雨，而一下了雨，道路泥泞，行走不便，我们在那里住了两天，每天都是下雨，出去走了一阵回来，两脚都是污泥，道路不平尚有待于修筑。

朋友曾请去一家本地人开的菜馆吃福建菜，化了很多钱但滋味并不觉得好，闽菜似不及川菜远甚，因四川小菜都是鲜辣味腴，闽菜却平淡得很。

此处去福州只要一夜水程，我们本想抽暇去观光一下，只因时间急促，接洽好了货物，又匆匆循着原来的路线回转梅县了。

廿一　过东江出大鹏湾

回到梅县之后不久，便接到家中来信□我回沪一次，离开上海好久了，正也想去看看那边的情形，于是决定走东江经香港回一次上海。那时归国的华侨很多，又有不少生意人去香港办货，所以东江道上行旅辐辏，十分热闹。由梅县搭乘商车，经兴宁、五华便到老隆，在老隆住宿过夜，次晨换上划子一路过龙川、沙源、观音阁抵达惠州。惠州是东江重要城市，曾数度陷于敌手，市内房屋大部毁损，夜里又没有电灯，上了岸很觉凄凉不安，当时敌人虽退，敌机仍不时来袭，旅人们心里都很慌乱，只是想急急走过这危险的地段。

住在惠州旅馆里，午夜听到了空袭警报声。茶役唤醒每一间房间里的客人，叫到外面去避难，但许多外路人刚到这里，途径不熟又在深夜，只能等在旅馆门口不敢走远。敌机飞过后也不能再睡，天色刚亮便叫了一乘车赶路去沙鱼涌。所谓单车便是我们常骑的脚踏车，乘客坐在车后书包架上由车夫骑了往来疾驶，这是公路破坏后陆上惟一的交通利器了。

二小时后过淡水圩，是出大鹏湾必经之地，敌人攻占广州，就是先夺取这小小圩镇作据点的，现在却退出了，让走私的钨沙出口换取不必要的化妆品、日用百货进来。但我们也看见许多汽车胎、火油、军需品在抢运入口，无数华侨由此回国也曾带来巨额捐款作抗战之用，所以这一条交通线的存在，它的价值是两重的。

葵涌到沙鱼涌这一段路完全是羊肠鸟道，脚踏车也不能行驶，大家只好步行，在山壁岩石中走到沙鱼涌，眼前豁然开朗，海滩上摆满了各式各样的食物摊，一条小街上几乎完全是转运行。夜里汽油灯点得雪亮，人来人往，热闹异常。这原来荒僻的海滨成为国际路线后特殊的繁荣起来，但海外便有敌舰眈眈在旁，这畸形的繁荣难以持久，沙鱼涌不过是战时一个暴发户。

叫小划子渡上停在海中的轮船，半夜里驶出了波浪汹涌的大鹏湾。

廿二　再过香港回到上海

这是一艘中型的轮船，在风平浪静的海中行驶是无问题的，但这一夜大鹏湾中风浪很大，船身摇摆不定。起初还勉强开行，后来颠簸得太利害，舱面上也有海水冲上来，旅客们的行李都打湿，许多人已在呕吐发晕，情形很紧张，只好在一个小岛旁边抛锚暂停，等天明风浪稍息后才再开行，因此到香港已经近午。旅客们都像大病初愈似的上了岸，在旅馆中住下，整理行李。

香港还是那个老样子，一切和上次来的时候所见相同，只是几座高山都在建造防空洞，火药气已闻到，战争在一天天接近了。

在香港并没有多逗留，便搭轮返沪，为了怕晕船，本想乘坐迅速安全的皇后号的，但那时四艘有名的皇后号都已被英国政府征调作为军用了，结果仍旧乘的是怡和公司的明生轮。在海中航行了三日夜，过汕头时曾停靠半天。我们都未上岸，码头上有敌人在搜查旅客，一对老年夫妻为了行李中多带一条被面，竟遭到好几个敌兵的殴辱，看了悲愤之至！敌人横蛮无理，它们的命运是难以久长的。

明生轮在黄昏时候到了吴淞口，却因等待敌人检查之故，当夜不能进口，旅客们对着灯火繁密的市区可望不可接，又不知明天敌人检查的结果怎样？内心焦急不能成寐，好容易盼到天亮九点。

川陕豫鄂游志

民国三十年秋，老友方子樵先生将有事于陕豫鄂皖，先期约余偕行，余以体弱不耐远征，谢之；濒行又遣人至寓敦劝，益以王君伟侠之怂恿，遂勉诺随行。由十月十四日首途，明年二月四日返渝，途行万里，时阅四月，所历古迹名胜，多有可观。爰仿日记体例，遇可记事，则笔之手册，无事，则已。归后略加整理，乃成是编，至于臧否人物，评论政治，因非余之职责，概不赘言。

三十年十月十四日，星期二，阴

朝暾初上，轻雾笼罩山城，飘然如衣薄縠之衣，微风拂拂，吹使江流渐瘦。枝头落叶，飞舞空中，时虽已届仲秋，而天气尚燠暖。余与王君伟侠，由会府街步行至林森路某会，见门首停卡车一辆，询之，知即本团所租赁者，不胜惊喜，盖近日长途汽车缺乏，交涉车辆，已历周日之久，今竟得之，虽车身窳旧，不暇计也。入室，工役方运取行李入车，状甚忙碌，余笑顾伟侠曰："今日当可行矣。"乃同出早餐。归后，同人咸集，未几，方公子樵亦至，惟车敞无厢，复无座位，乃各踞行李，佝偻而坐。十时开车，天已阴晦。同行除伟侠外，有周君补天、唐君惜分、王君维英、阎君伊生、杨君济时，及事务员陈君咸照、陈君子卿，另有张君弥川，方任某军副军长，亦搭乘此车赴陕。同人多半旧识，而伟侠尤为十余年来艰苦共事之挚友，故途中谈笑风生，尚不寂寞。中午抵青木关，进午膳。下午一时续行，预计今日应宿内江，明日始能达成都。但因首途时晏，到永川，天已垂暮，遂就新新旅馆寄宿。伟侠同乡张君修高来晤，盛道永川鱼酒之美，因同至某酒楼觅饮。张君现任永川某中学校长，其人甚亢爽，尤豪于酒，席间仅四人，已尽大曲三觔，归时不觉颓然醉矣。

十月十五日，星期三，阴，蓉城小驻

四川旅栈恒兼营茶社。晨起，到茶室品茗，则见围桌而坐者，多当地有闲阶级，手执长烟管，且吸且谈，悠然安闲，使人健羡。八时开车，经荣昌、隆昌，渡沱江，午后一时抵内江。城内街市，甚为繁荣，偕同人至一旧式酒楼午飧。飧后续行，见与公路线平行之成渝铁路，路基均已筑就，小桥梁及涵洞，亦多半完成，惜因所购铁轨，无法运到，故停工久矣。四时过资中，晚抵球溪河，所寓旅馆亦名“新新”，且兼营酒菜业，同人即就旅馆晚膳，夜与方公谈至深宵始寝，此旅馆帐榻均新制，竟无臭虫，寝之殊适。

十月十六日，星期四，阴

侵晨，车即开驶，经资阳未停，十一时至简阳，午飧。由内江至简阳，高山渐少，沿途蔗田遍野，车中瞭望，状似下江芦林。四川产红糖甚富，即此类甘蔗制成。闻资阳临江寺豆瓣酱甚驰名，试之，味果佳，因购数罐，以备途中不时之需。汽车沿沱江行甚久，经过各镇市均有大石桥，而简阳之万安桥尤巨。下午一时，过龙泉驿，山势颇高，虽不及重庆老鹰崖之险峻，但汽车亦须盘旋上下，遥望广大平原，衮然无际，烟云浩渺之中，河流纵横，林木翳翳，则成都市在焉。下山，约行三十里，抵成都城郊。成都已无城垣，惟旧城门处，左右各存高垒一座，置哨兵检查行旅。吾人入城后，径至西御街成都大饭店寄寓（中国旅行社招待所，在骡马市街）。

十月十七日，星期五，阴

成都为四川省治，蜀汉建都于此，五代王建、孟知祥据蜀，亦都之，故名胜颇多。入川后，久思一游，迄未得闲。今既至此，不可不作一日畅游。晨起，偕伟侠、惜分、维英由西御街经东御街，至总府街。成都手工业，多集类成肆，如东西御街，则尽铜铁作业，所售刀剪颇佳。总府街有赖汤元店，最驰名，但店面逼仄，仅有小桌三，供数人坐，后至者，非立待不可。吾人往尝试，并无出奇处，惟较其他汤元略细嫩而已。出总府街，转入春熙路，今更名为中山路。此为成都最繁盛市街，马路极宽，肆面多层楼巨厦，陈列货品，亦较渝市丰美。银楼虽不售金饰，但所制银器及银丝镶成饰品，则精致绝伦。由春熙路出东门，经万里桥，桥跨府河（即锦江）之上，颇修伟。昔蜀使费祎出聘东吴，诸葛亮祖于此，叹曰："万里之行，始于今日矣！"故名。街尽，南行约三里，至丞相祠，此即杜工部"丞相祠堂何处寻"之丞相祠。本地人亦咸作此称呼，但大门横额，大书"昭烈庙"，并无丞相祠字样。

成都街景

武侯祠内诸葛亮抚琴亭

入门，有长甬道，两侧柏树甚多，既高且老，枝干参天，人行其下，气象萧森。相传此均蜀汉所植，以状观之，虽不至如是其古，然皆数百年以上物，则无疑矣。前殿祀昭烈帝像，左殿祀关壮缪像，右殿祀张桓侯像，俱英伟有生气。两庑配祀蜀汉文武臣数十人像：东庑以庞士元为首，西庑以赵子龙为首。像前各以石镌小传，读之了然。后殿祀诸葛武侯像，素面疏须，则宛然书生也。后殿旁，有荷花池，名藕船。池北，有琴楼，楼上置古琴一张，灰尘寸积。时有女学生数人，踞池边对琴楼作画，状甚闲逸。由藕船西行，有昭烈帝衣冠冢，名惠陵，甚崇闳。陵外绕以高垣，内植古柏修竹甚繁，望之森然。祠内楹联颇多，惟清陈桐嵦一联云："誓欲龙骧虎视，以扫荡中原，惊风雨，泣鬼神，《前出师表》，《后出师表》；时当地裂天崩，求缵承正统，失萧曹，见伊吕，西汉功臣，东汉功臣。"殊佳。又殿前甬道侧有石碑，镌近人邹海滨先生一诗云："门额大书昭烈庙，世人都道武侯祠。由来名位输勋业，丞相功高百代思。"独能将世称丞相祠意义道出，立意超人一等，书法亦甚苍劲，故录之于此。出昭烈庙，循田径，至华西坝大学区。此为基督教在川经营之最高学府，其初只有华西大学及医学院，战后，金陵大学、金陵女子大学、齐鲁大学等校，均迁附于此，并有附属中学若干，占地宽广，周缘不下十里。内宫殿式建筑甚多，马路纵横，路旁林木掩翳，花草甚茂，各球场细草如茵，似铺锦毯，时值正午，学生纷趋膳堂就飧，蓬勃气象，令人望之生羡。出华西坝，众议往游薛涛故址，因循径出至锦江岸马路。行里许，有危楼高耸，盖即枇杷门巷中之望江楼也。入门，颇似小公园，竹枝小树间，支案卖茶，供游人休憩。行数十武，有一井，即薛涛井，旧名玉女津。其旁为浣笺亭，相传薛涛尝用此井水制松花小笺，光润冠一时，故有薛涛笺之称。井前有刘豫波一联云："古井冷斜阳，问几树枇杷，何处是校书门巷；大江横曲槛，看一楼烟月，要平分工部草堂。"意甚洒脱。井后有石碑，镌王建诗云："万里桥边女校书，枇杷花里寄闲居。扫眉才子知多少，管领春风总不如。"书法甚劣，不知是何时建立。再进，有五云香馆、吟诗楼、流杯池。枇杷门巷颇有曲径通幽之妙，但设备颇简，徒供游客凭吊耳。游览竟，同登望江楼，即濯锦楼。极目远眺，则见锦江流于足下，呜咽有声。楼外芭蕉，高与檐齐，微风撼之，簌簌作响，景物恬静，殊使人留恋。因顾伟侠曰："丞相祠庄严肃穆，此间幽雅潇洒，两地风光，各自不同。吾人履斯艳迹，凭吊美人，岂能不谋一醉？"伟侠曰："实获我心。"惜分曰："枵腹已久！适当其

薛涛井

时。”因令园中菜馆具馔，就楼上小饮。楼上悬楹联颇多，惟顾复初一联最佳。联云："引袖拂寒星，古意苍茫，看四壁云山，青来剑外；停琴竚凉月，予怀浩渺，送一篙春水，绿到江南。"

吾人且饮且谈，伟侠尤逸兴遄飞，惜分亦幽默可喜，惟维英滴酒不尝，殊为遗憾耳。按薛涛，字洪度，唐人，善诗，初为长安良家女，随父宦蜀，父死，沦入乐籍。辩慧工诗，有林下风致。韦皋镇蜀，召令侍酒赋诗，称女校书，出入幕府，历十一镇，皆以诗受知。暮年居浣花溪，即今之望江楼是也。同人饮啖既毕，乃乘小船渡江，江水清碧如镜，中流荡漾，心胸廓然。入城，过府城隍庙，殊无可观。转入皇城，则荒凉一片，恶臭殊甚。中有旧式大厦数进，据云为明蜀王府，后改为贡院，战前为国立四川大学，旋亦迁往华西坝新校址，现似驻有军队，未往参观。成都城内，确实壮阔，虽迭遭空袭，房屋被炸或焚毁不少，但多数街道完整繁荣如故。居民亦怡然暇逸，不似渝人咸惴惴有急遽之色也。归后，与伟侠共话薛洪度遗事，适行箧中有老友徐君义衡所贻《薛洪度诗集》，为清光绪间贵阳陈矩所刻，薛诗原有五百首，陈所收集者不过二三而已，今录其哀怨最深数首于后：

春望词四首

花开不同赏，花落不同悲。欲问相思处，花开花落时。

揽草结同心，将以遗知音。春愁正断绝，春鸟复哀吟。

风花日将老，佳期犹渺渺。不结同心人，空结同心草。

那堪花满枝，翻作两相思。玉箸垂朝镜，春风知不知？

赠远二首

芙蓉新落蜀山秋，锦字开缄到是愁。闺阁不知戎马事，月高还上望夫楼。

扰弱新蒲叶又齐，春深花落塞前溪。知君未转秦关骑，月照千门掩袖啼。

送友人

水国蒹葭夜有霜，月寒山色共苍苍。谁言千里自今夕，离梦杳如关塞长。

谒巫山庙

乱猿啼处访高唐，路入烟霞草木香。山色未能忘宋玉，水声犹是哭襄王。朝朝暮暮阳台下，为雨为云楚国亡。惆怅庙前多少柳，春来空斗画眉长。

其集中又有《十离诗》，为涛献元微之作。先是元和中，微之以监察御史使蜀，严司空遣涛往事，因事获怒，远之。涛因作《犬离主》《笔离手》《马离厩》《鹦鹉离笼》《燕离巢》《珠离掌》《鱼离池》《鹰离鞲》《竹离亭》《镜离台》十首以献，含意哀切，微之览之，遂复善焉。宦家才女，流为官妓，其悲怀幽思，雅自可怜。因就灯前率成一绝云：

万里桥边醉放舟，枇杷门巷此登楼。多情惟有锦江水，呜咽年年动客愁。

伟侠亦有诗二首云：

枇杷门巷五云笺，曾醉将军玳瑁筵。我是江南狂杜牧，行吟又到锦城边。

乌帽风尘常作客，红颜身世不禁秋。人生何处非羁旅，惆怅临江一倚楼。

又伟侠在昭烈庙亦得一绝，雄伟可诵，并录如左：

万里桥边访閟宫，楼桑一代霸才雄。惠陵常耸风云气，千古君臣祭祀同。

十月十八日，星期六，微雨

晨起，微雨，不欲出门。雨止，与伟侠同至祠堂街丘佛子就飧。丘佛子为一小酒馆名，其盛菜蔬，不用盘簋，食客至，即出其特制小锡暖锅一具，盛以猪牛羊或青豆等类，锅圆形，约高五寸，直径约四寸。中燃菜油小灯，周围雕花眼若干，灯常不熄，锅内菜遂不冷。如客有二三人，则供二三具，不足，再增若干具，人多食毕，案上锡锅如林焉。所售肉类，皆系以紫铜巨釜燉烂，每类辄数十觔，客至，则舀取供应，味极可口，每事仅售洋一元，饭则每人五角而已，其价殊廉。此种作法，最适宜于冬季二三人小饮，盖量与质之增益，可由己操纵，复无冷啖之敝，不似其他菜馆，无论人之多寡，辄以巨盘饷客，稍啖即冷，冷则弃之耳。人言“吃在成都”，信然。余与伟侠食已，天复下雨，伟侠欲同往城外访工部草堂，余以泥泞载途，难之，伟侠独冒雨往。盖伟侠寝馈杜诗甚久，尝集杜诗数百首，裒然成帙，其崇拜工部，实出至诚。今既到蓉，乌能不一觐其草堂？故于其冲风沐雨往游，心甚壮之。分袂后，余往某行辕访王君双乙，余与双乙别二十余年，未通音问，昨夕方公召宴，于席间遇之，始知其于战后来此，久别乍逢，欢忭可知，第因席次人众，未获畅谈。故拟于今日往作一日小聚，讵至行辕后，已因公外出，久待不至，惆怅而返。归途，入少城公园游览，园内树多而花少，因夏间曾遭惨炸，亭台楼榭，强半灰烬，眼前风物，徒动人悲戚，未竟游，即归。未几，伟侠亦归，状甚沮丧，余询其草堂景物何如，伟侠曰：“安有工部草堂！只不过某训练团几栋宿舍耳！询之宿舍中人，咸瞠目不知杜甫为何人，甚有转问杜甫现任此间何职，使人闻之发噱。嗣得一本地工役，导至一宿舍后墙，指曰：‘此即工部草堂也。’其实一无所睹，惟墙上嵌一联云：‘万里桥西宅，百花潭北庄。’意此即当日少陵负杖行吟地耶？旷代诗人，阒无遗迹，徘徊凭吊，怆然而归。”言次，犹悻悻有余慨。余笑曰：“子私淑少陵，遂以为天下人皆知杜氏而尊之耶？幸若辈少年不知其人，倘其知之，以子今日雨淋狼狈之状，必嗤曰：何处酸丁，来溷乃公事！”伟侠曰：“是或然也。”因成诗四绝，字里行间，感叹百出，爰为录之于次：

沐雨冲泥问草堂，临流小筑已沧桑。浣花江水声呜咽，似共愁人说断肠。

禹稷皋夔百未成，此身真觉负苍生。西来我亦伤憔悴，三赋低徊一怆神。

白骨生苔事可哀，悲歌狂饮独登台。荒江岁岁鹃声急，怀抱何由得暂开？

沈谢何刘安足论？骚坛一帜古今尊。十年寝馈惭私淑，稽首来招去国魂。

十月十九日，星期日，阴，宝鸡途中

吾人在渝所赁汽车，议定只到蓉为止，由蓉赴陕，则须另租，经两三日奔走，始觅得一车。此车较前车尤为敝旧，并蓬而亦无之，临时以竹竿架席为蓬，其状殆类江中小舟，余见而笑曰：“此真所谓陆地行舟也。”原定黎旦启行，乃开车时，忽见车上有搭客二人，货物数箱，询之司机，则含糊其词，此车既为吾人包赁，当然不以搭客，此盖司机故弄狡狯，借图私利，每人由蓉至宝鸡，车费至少四百元，若任其搭乘，则运货物运费，不下千元，皆入司机私囊矣。当由方公严令人货卸下，延至十一时，始开驶。经新都至广汉午飧。广汉前为杨森驻军地，街道经其改建，马路整洁，房屋亦多新式，市面繁荣，饶有太平景象。飧后续行，经德阳、罗江，午后五时，至绵阳宿，所寓旅馆，又名“新新”，吾人至此，已三宿“新新”，可谓巧矣。由成都至绵阳，纵横三四百里，皆系广袤平原，田畴一望无际，河渠交错其间，既无干旱之虞，复无淫溢之弊，故土地肥沃，出产极丰，所谓天府之国，实非夸语。

而有此富源，抗战必胜信念，更可坚定矣。

十一月二十日，星期一，阴

晨发绵阳，旋渡涪江。汽车渡江，系用平底木船载运，沿途皆如此，但每次只能载一车，过至对岸，又载一车而返，故两岸常停车若干辆，须轮次载渡。吾人今日竟竚待两小时之久始达彼岸。至午后一时，抵梓潼午飧。由梓潼西行，高山渐多，公路均依山腰凿成，路旁古柏成列，绵亘百余里，枝干蔽天，其巨逾抱。相传此为张桓侯手植，故至今皆呼为“张飞柏”，现由当局按树钉一木牌，饬各保甲分段保存，禁止樵采。此中风味，较江南道旁杨柳，又森严多矣！伟侠于车中口占五律一首云：

夹道将军柏，争传手泽存。声名山岳重，道义古今尊。余荫留巴国，蟠根拥剑门。万家禁樵采，郁郁送朝昏。

下午三时，过文昌帝君庙，庙在山巅，相传为文昌诞生地。停车入观，庙虽宏大，但已残败，庙内柏树蔚然，高撑天际。据道士云：尚有唐柏一株。浼其引观，则一枯干而已。此地为梓潼辖境，有“七曲山九曲水”之称。立庙前远眺，山势迂回迤逦，河流曲折蜿蜒，虽未能尽睹七曲九曲之妙，然亦实有诡谲恢奇之观。更远，望见剑门诸山，气势雄伟恣肆，由远处逶蛇而来，突然群峰列峙，壁立于诸峦之上，其状如鱼阵昂首水面，斜阳反照，蔚为奇景。余生平所见山容，当以此为最美。登车再行，至夜七时，始抵剑阁，路窄天黑，下山时，几覆车。剑阁旅馆，多在城外桥头，我侪至时，均已客满。方公别率数人，假寓县党部，余与伟侠、惜分、补天、咸照诸人，则彷徨道左，无所投止。忽见有一菜馆，名聚乐园，灯火高明，同人腹馁已久，遂谋先果腹，及入门，则酒肴俱罄，仅一少妇据案理帐而已，正徘徊间，少妇闻伟侠语，忽欣然起立曰：“公得毋安徽寿州人耶?”伟侠曰：“然!”曰：“然则乡亲至矣!”询之，亦寿州人，此园主人也，遂殷勤留坐。曰：“此间入夜，食客稀少，所备饭菜，均已售罄，但远地忽遇同乡，实为异数，安能任诸公枵腹去耶?”立命女侍布置几案，嘱厨夫尽速作黍，蹀躞经营，状甚愉悦。吾人于绝望中忽睹此状，皆大欢喜，余笑语伟侠曰：“今日始知乡谊之可贵矣!”其家储备食品，实亦太少，女主人复命厨夫笼灯，出市酒肉，且亲手烹调，及其罗致而出，居然肴馔满案矣。吾人且饮且谈，女主人挈其幼子，悄然坐案侧，吾人询其胡为至此，女主人唏嘘至再，曰：“此非得已也，吾初亦女中学生，于二十七年故乡失陷时，随夫避难西行，经豫陕至此。吾夫原在军队任职，二人感情尚笃，至时，以此地生活低，拟家焉。乃前岁吾夫随军远出，忽觏荡妇，及吾闻知，则已实行同居，俨然伉俪矣。初寓书诘责，尚支吾敷衍，后竟至不理，吾忿极，决计自营生理，因出些微私蓄，经营此店。时有一川籍小学女教员，未亡人也，原为小儿教书，闻吾从事懋迁，忻然加入，今为吾司账。另一女子，北平人，因避难与夫散失，携一幼子，由陕同伴至此，慨然自任侍役。”言次，因介绍二人与吾人相见，司账盖一三十许沉默寡言人也，女侍则善于辞令，伺应甚周，年才二十余耳。女主人复曰：“吾三人际遇，殆极相类，今则凄然相依为命矣。幸年来营业尚佳，足可生存，否则不将同沦沟壑耶!”言已，泫然泣下。余侪天涯奔走，亦正悲摇落，闻此人语，不禁有白香山商妇琵琶之感。因与伟侠借酒浇愁，相互痛饮。同人初静聆女主人诉其身世，皆忘夜之将午，及食毕，始忆宿处尚复无着，皆惶然不知为计，乃推伟侠商之主人，主人曰：“今夜已深，旅舍更不易觅，然已为诸公计之熟矣！吾家有食案八，尚洁净，合两案为一榻，别置铺板一具，则诸公五人，可各据一榻寝矣！”余侪闻言，大喜。由咸照将车上衾枕运至，女侍欢然部署，伟侠复与女主人共话家园故事，始知彼此家宅，相距不甚远，且有瓜葛姻亲，因是吾人益觉今宵之遇奇矣。寝后，细味主人言，为之恻然不寐。就枕上成七古一章，意殊未尽，姑录之于此：

瑟瑟西风趋剑阁，阁外天寒月方落。桥头忽遇女乡亲，翠袖殷勤留客酌。自言避难来荒城，槁砧弃置事长征。无聊且作当炉妇，日博蝇头寄此生。此生命薄长已矣，往事成尘恨如此。女伴三人共晨昏，可怜尽是良家子。言罢灯前忽垂泪，顿教座客都忘寐。天涯我亦悲摇落，愿与王郎拼一醉。

伟侠夜间亦得一诗云：

剑阁峰头万籁清，一天霜月下残更。正愁野店烦争席，却喜山家肯相迎。乡语乍闻惊问姓，羁怀欲诉自通名。天涯我亦风尘客，为汝长吟作楚声。

十月二十一日，星期二，晴

晨起，伟侠等入剑阁城内游览，城垣甚小，街市极萧条。有县政府，有中学校，行政督察专员公署亦在焉。余侪登城瞭望，见四面环山，嶙峋高峻，悬崖峭壁，崭然罗列，剑门山顶，亦隐约在望，县城居此中阿，殆如坐釜底焉。城外绕以小河，岗峦护之，形势极为险固。昔晋元康中，李特随流人入蜀，至剑阁，箕踞太息，顾盼险阻曰："刘禅有如此之地，而面缚于人，岂非庸材耶?"此地关山之险要，昔人已重视如此矣。城中藤制手杖甚佳，吾人各购一枝。返聚乐园时，女主人已为备面食，甚鲜美可口，濒行酬以金，再辞，始受。车离剑阁，所行均山路，约二十余里，抵剑门关，山势雄伟，崔巍屹立，关口题"天下雄关"四字，旁植石碣，题"汉大将军姜伯约屯兵处"，右侧石上，复刻有"云环耸翠"四大字，恣肆雄劲，不知为何人所书。车入关口，行狭径中，几不睹天日。出关回

剑阁城镇南门

剑阁石桥

顾，则又一奇景。盖剑门山有三巨峰，由关内观之，不过觉其巉巌险巇而已。一出关外，则三峰列峙，俨然斧削，由巅至麓，不知几千仞，岧峣壁立，高耸天际，中峰特高，体部中阔，而顶趺略窄，状如枣核。左右两峰，则嵯峨侧立，有似中峰之卫士。因其面平削立，岩层显然可见，三峰连接处，各裂一缝，其狭如线，右缝为一小溪流，左则公路也。吾侪循公路而出，回顾此巉屼之状，莫不叹为奇观。杜工部谓："一夫怒临关，百万未可傍。"至此益信！而岑参谓："凛凛三伏寒，巉巉五丁迹。"亦足状此间之险阻。其时已届晚秋，山上枫林，经霜而赭，飘飘红叶，点缀于绿阴翠竹之间，尤为美观。惜分最欣赏此红叶，车中念念不忘，余允为绘"剑门回顾"图赠之，以途中无纸笔而罢。伟侠则诗兴勃发，于车中成五律一章云：

仄径征车发，雄关绝世奇。青峰千剑簇，秋水一痕垂。地辟蚕丛险，天开鸟道危。北门严锁钥，惆望抚残碑。

余亦口占一绝云：

岁岁雄关绝世无，云屏削壁莽蓁芜。羊肠鸟道称奇险，一剑真能御万夫。

出剑门，行百余里，过昭化，渡嘉陵江，此处较涪江尤阔，载渡费时更多。余侪乃先乘小船，过对岸，至一农家小憩。见田野景象，极为荒凉，人民生活，亦甚清苦。此时农家方午膳，所食仅包谷稀羹，无蔬菜，惟置盐一小碟，以箸蘸食而已。有一童子，携饭一罐至，与其祖父共食，饭为赭豆和煮而成，亦无菜，然两人各尽十碗，尚觉未餍，食量洪而稻米稀，可悯已！未几，车已渡过，登车继进，于下午四时抵广元，又须渡江，余侪先入城觅旅舍，见街道修长，市面繁盛，盖此间为川陕交通枢纽，街上所停卡车尤夥。旅舍虽多，但均客满，余侪奔驰多处，仅得一小旅舍寄寓焉。所乘汽车，途中频频损坏，乃令驶入机器厂彻底修理。余与伟侠等则入一下江酒馆晚膳，菜味尚佳，而价较成都为昂。广元因人众车多，道路极坏，鹅石突出路面，崎岖难行，然夜间汽灯不少，熠熠市上，为他处所无。

广元远景

广元老城区

十月二十二日，星期三，晴

早八时由广元出发，汽车时时损坏，至中午，始抵朝天关，由此西行，两面俱高山，且均为坚硬岩石，中为嘉陵江，流水急湍，清可见底。公路沿山麓凿石而成，有时凿成圆洞，状如穹窿，工程盖极艰苦。江上石桥颇多，路线亦系择便处施工，故车行时在江左，时在江右。仰视峭壁，俯瞰急流，虽非鸟道，却甚险巇。某处有破旧飞阁，支撑山顶，相传此即古之栈道也。出此，山更巉崿，峣峣高峙，重叠绵延，公路皆傍山建筑，上下复沓，状如螺旋。汽车盘旋而登，复曲折而降，常不越百尺，即有弯转，有时行至山巅，俯视山壑，不知几千寻，稍一不慎，人车倾覆，则成齑粉矣，故行人至此，辄为心悸。下午三时，抵七盘关，此为川陕交界处，关口有“西秦第一关”石碑。伟侠曾有诗云：“词客飘零久未还，曷来行役万重山。翠岩红栈刚经过，又入西秦第一关。”盖纪实也。此去道路略平，但实际已在高原，天气骤寒，无复秋意。午后六时，至宁羌县，未入城，就城外旅馆寄寓。此间旅客，不似他处拥挤，故得人踞一室，安然偃卧。

十月二十三日，星期四，晴

早七时开车，行未久，过五丁关。按“五丁”，力士也。《蜀王本纪》载：“天为蜀王生五丁力士，能徙山，秦王献美女于蜀王，王遣五丁迎女，见一大蛇入山穴中，五丁共引蛇，山崩，压杀五丁化为石。”盖即是处也。出五丁关，越蟠冢山，此山亦峥嵘高峻，公路均依山凿建，其状似昨经山路；一面为绝壁，一面为深涧，虽弯曲较少，但路面极窄，两车相遇，若不缓缓相让，非碰车，即坠崖。据方公云：“前岁入秦经此，曾亲见两车相撞，其一坠入涧底，人车俱碎，其一则机件损坏，横卧路心焉。”下蟠冢山，至一小市镇，名大安驿，意谓行人至此，可庆大安矣。自此道路平坦，渡沮水，抵沔县。沔县有新旧两城，旧城名西城，相传即诸葛武侯弹琴退司马懿大兵处，城内人烟稀少，多为旱田，城外有武侯祠，按武侯归葬定军山后，后主诏立庙于沔水之上，即此祠也。同人停车入觐，门额直书“武侯祠”，非如成都名武侯祠而书“昭烈庙”也。祠有前后两殿，各塑一像，一为旧像，甚伟大，一为新塑，身材与常人等，皆栩然有英气。陆放翁诗云：“我昔驻车筹笔驿，孔明千载尚如生。”即在此也。祠内陈一黝色石琴，道士谓为玉质，大小似古七弦琴，上刻章武元年置；一端有小孔，一端有小槽，以指尖就槽内摩擦，小孔即发微声，引耳听之，嗡嗡似琴鸣，道士以此为奇，其实琴既中空，以指触之，自然成声也。祠内庄严肃穆，香火颇盛，一代勋臣，千秋庙食，历史诚不负人矣。过此数里，为新城，今沔县县治也。与公路平行，有通惠渠，用以灌溉左右田地，其口与沮水相接，但此时涸矣。中午抵褒城，城位于褒水之上，即褒姒诞生地，居民稠密，屋瓦栉比，吾侪经过城下，径渡褒河，到对岸一酒肆午膳，此地已有陕西凤酒，饮之良佳。县境地势开展，有褒惠渠，纵横其间，颇肥沃。下午经留坝县，渐入紫柏山脉，山脊枫树甚多，红叶满林，如冠紫冠，惜分对此，极为欣赏。五时抵庙台子，住留侯庙。庙在紫柏山麓，门首有“汉张留侯辟谷处”石碑，入门，为大院落，当面名三清殿，祀老君像，殿仅一楹而已，右首有大门，即留侯庙，殿宇恢宏，碧瓦翚飞，门前植铁旗杆，铸有龙凤盘旋其上。入门，经天井，入前殿，壁间有丰碑，刻于右任先生亲书“送秦一椎，辞汉万户”八字，遒劲可爱。再入为正殿，塑留侯像，英伟如生。殿内楹联甚多，千篇一律，人云亦云，惟清陈文黻一联云：“壮士奋挥椎，报韩已落秦王胆；大王烦借箸，荣汉终函项羽头。”雄壮可观。最简当者，为清王佩声一联云：“前追齐尚父，后启武乡侯。”入殿右圆门，为小院落，有厅堂住室，昔日游客假馆之地，今已住有眷属矣。院内有小池，通以山泉，池侧略植花草，景殊幽静。壁上嵌石碑甚多，镌游人题句，有清吴棠甫一律最佳，爰录之于下：“五世韩臣已复仇，翩然欣与赤松游。奋椎早夺三秦险，借箸潜消六国谋。黄石书函空覆楚，青宫羽翼亦安刘。帝师王佐神仙骨，衡岳希踪只邺侯。”由此出短垣，拾石级，登庙后山巅，有“授书楼”，相传即黄石老人授书处也。阶石两侧，刻名人题字颇多，惟清督学使黎荣翰所题“英雄蝉蜕”四字，最有意致。楼为两层，上层塑黄石老人像，有清沈恬一联云：“此地有松石间意，其人乃帝王之师。”颇洒脱而切实，又有满人巴林延龄一联云：“山月偕栖隐，天风度步虚。”意亦轻松。楼下有一亭，楹柱几案，皆白石雕成，四周疏竹萧萧，静寂无尘嚣气，有长白延燮一联云：“何处结仙缘，尽流传千载赤松，一拳黄石；此间真福地，且领略万竿烟雨，四面云山。”维时夕阳衔山，余霞映枫林，愈鲜红夺目，同人徘徊瞻顾，不忍遽归，直至暮色苍茫，始相率回庙。庙左为中国旅行社招待所，吾人即假寓于此。曲尺走廊中，房间并列，床榻衾枕俱备，均朴素洁净，且无虱蚤。廊前有小院落，中堆假山，环植翠竹花木，微风撼之，簌簌有声。有正厅，颇大，为旅客会食之所。招待所有自雇厨司，专为旅客具馔，吾人就所内晚膳，肴味甚佳。飧后，与老道士闲谈，始知庙内有道士二百余人，庙产颇丰，田地皆由道士自种，亦有为人作工，留庙唪经者，并不甚多。紫柏山产一种药草，名鹿寿草，为牝鹿所常食，能补阳益神，且治疯瘫，道士恒出此劝售。同人亦各购少许去，效否殊不可知。沿途所见庙宇，当以此庙为最宏伟，亦以此庙道士为最众。由前汉迄今，历二千余年，而留侯庙食不衰，世人岂尽以其为王佐神仙侣而尊之欤？亦无非同情其博浪沙奋椎一声耳！吾以为子房所言圯上授书，从赤松子游，皆自为托词，彼盖早知刘季之为人，可与共患难，不可与共安乐，其所以佐汉灭秦，实为韩报仇耳。及其夙愿既遂，乃伪言隐去，以全其躯。岂真有所谓赤松子耶？夜中偶成一绝云：

紫柏山头夕照红，巍然祠庙有雄风。非关王佐神仙侣，只在嬴秦一击中。

伟侠甚以余论为然，亦有一诗云：

紫柏山头动晚钟，冷云疏杵豁心胸。授书有意从黄石，辟谷无端问赤松。将相功名原类狗，去来踪迹竟犹龙。当年已薄高皇帝，肯与萧韩作附庸！

下绝尤洽余意，洵佳构也。

十月二十四日，星期五，晴

朝发留侯庙，午抵双石铺。双石铺为三条公路分歧处，东行达汉中，连接陕鄂路线；西行达天水，直趋兰州；北行达宝鸡，衔接陇海铁道。此地原极荒凉，自各路汽车通行，居户渐多。吾侪汽车至此，适又损坏，因停此修，便进午膳。午后再行，经凤县、黄牛铺，渐入高山，三时过大散关。按：大散关亦名散关，为秦蜀往来之要道，距和尚原极近，两山关控斗绝，出可以攻，入可以守，实表里之形势也。出关，即秦岭，秦岭西起甘肃兰州，东至河南陕县，长八百里，连绵商山、太华、嶓冢、陈仓、太白、终南诸山，形势险要，自古为长安屏藩。由岭南迤逦而登，但觉渐陟渐高，尚不见其巉峻。一至山顶，则气候陡寒；越岭而过，望北麓宝鸡渭河，皆在苍烟浩渺之中，始知秦岭之岧峣高拔，殆为诸山之冠。岭北因山势所限，无复环绕余地，下山公路，竟是俯冲，只能借小弯转以杀坡势，故由极峰以达山趺，Z形弯角，足有三十二道之多，车中俯视，状如锯齿，建筑此路之工程人员，技术殊可惊也。下山即濒渭河，同人皆觉听官发生故障，此大抵由极高骤降到极低处，空气冲激所致。渭河原有木架长桥，可通车辆，乃北端塌损，不能畅达；且过桥，须俟南来兽车行尽，始得前往。是日等候半小时，方始入桥，行至北端，再经木板所搭便桥，冲入沙滩，蠕蠕登岸。岸上即宝鸡，城外街市辐辏，虽经几次轰炸，而繁盛如故。大小旅馆，在在客满，同人下车遍觅，竟无下榻处；无已，则分别栖止，而方公则托疾入一医院，借病房寄宿焉。自重庆首途至此，公路行程，已告终结，除在成都留二日外，途行凡九日，由宝鸡至西安，有火车可乘，无须再乘汽车矣。沿途除汽车外，有骡车、马车、牛车，有牛马同驾之车，为数极夥，往来所载，均为货品，尤以棉花羊皮为最多。此类货物，一半径运成都，半至广元换载木船，顺嘉陵江直下重庆。余因所乘汽车，无车厢座位，逐日局促行李中，益以剧烈颠播，致抵宝鸡后，忽觉气促胸闷，心脏若突肿大，偃卧旅馆中，不敢动弹。夜间，伟侠出示今日过秦岭诗，读之弥有同感，诗云：

大散关头草棘荒，寒笳遥动野云黄。陈仓地接三边险，秦岭裘翻九月霜。形胜不殊风景恶，英雄老去鬓毛苍。中原犹自盘骄虏，羽檄何时下朔方。

十月二十五日，星期六，晴

昨宵寝后，心脏甚不舒适，今时仍不敢多行路。私念汽车行程，幸已终了，否则再经颠簸，真不堪忍受矣！由宝鸡至西安火车，原有日夜两班，日为普通车，夜为特别快卧车。吾人购定特别快卧车，亦即所谓蓝皮钢车，战后由津浦路移置于此者。下午五时开车，车上布置尚清洁，惟餐厅尽为乘客所占，秩序欠佳耳。离宝鸡后，见沿途窑洞甚多，此不独为贫民栖身地，即中产人家，亦有世居窑洞者，盖谓冬暖夏凉也。西北人民生活，大都简单朴素，饮食起居，皆不甚讲究；不似东南人于房屋衣饰、饮馔服用，必求精美而安适也。夜十一时，车抵西安站，方公已为欢迎者包围去，吾人则乘人力车入城，至当地主人预定之中国旅行社西京招待所休息。此招待所为西京最高贵旅馆，设备周至。

十月二十六日，星期日，晴

西安为古帝王都，自周武王克商，建都于此，名镐京，秦、汉、隋、唐均都之。汉高祖命名长安；王莽改为常安；元曰安西路，旋改奉元路；明改西安府，清为陕西省治；民初废府制，名长安县；民国二十三年定为陪都，易名西京，设西京市，划定东至灞桥，南至终南山，西至沣水，北至渭水，为西京市区，长安县政府，则移设城南之大兆镇焉。城为长方形，明洪武七年，就隋唐都城缩修而成，周围四十里，东西长约七里，南北长约四里；置四

由西向东鸟瞰西安

门：东曰长乐，西曰安定，南曰永宁，北曰安远。民国十七年冯玉祥治陕时，复于西门以北增辟一门，曰玉祥；东门以北增辟一门，曰中山；民国二十三年，更于北门以东增辟一门，曰中正，今为陇海路车站入城之要道。省城之外，四方均有关塞：东为函谷关，在灵宝县南，即秦之东关；西南为大散关，在宝鸡县南，即秦岭之南岭；南为武关，在商县东南，汉高祖由此入关破秦，至今为通湖北要道；西北为萧关，在甘肃固原县，襟带西凉，咽喉灵武，亦西北险要之地也。黄河由宁夏、绥远边界折流而南，直至潼关东趋。渭河横贯东西，汉水又屏障其南。有此四塞关河，形势险固，以之自守，则固若金汤；以之用兵，则同据高屋，故掌握中国政治重心，前后历二千余年，而中国优美文化，亦即发源于是焉。余久欲观此雄都，迄未得间，今既至此，辄自庆幸！晨起特偕伟侠、惜分、维英、补天诸人，由西京招待所步行出尚仁路，至最繁盛之东大街，马路宽广，人行道亦然；市房建筑多新式，居民约二十三万谱。行至市中心，有钟楼，上下四层，高逾十丈，为明万历十年建造，清乾隆五年重修，巍然凌空，庞大奇伟，四周通东西南北四大街；楼上驻军队，有警报台，楼底穹门内，为各报社贴报处，市民至此阅报者，络绎不绝。由此往南大街，至文庙西旧府学巷，游碑林，碑林为隋唐国子监旧址，号称关中金石之府。原有汉、唐、元、明，历代名碑一千四百余方，而以唐之十三经、淳化阁、景教流行中国碑及王羲之《圣教序》为最名贵。相传宋时灞桥被洪水冲圮，因乏石修堵，竟以名碑七百余通，覆之桥底，以遏宏流。其后，代有损毁，故至今只藏字迹完好、较为珍贵石碑二百余方。民国二十六年，由国府拨款五万元，施工整理，派员监护，现有庙宇式巨室四进，将隋唐遗留诸碑分室陈列，惜因避免轰炸，已将此类名碑各用砖泥封固，其露出者，非赝鼎，即历经浚刻真迹全失之品，殊无足观。碑林附近，多售碑帖商店，但珍品亦稀，且因碑经封固，索价特昂。同人各购一二种，余以不善书法，流览而已。出碑林，至孔庙东胭脂坡，有“汉下马陵”，为汉儒董仲舒墓。因汉武帝幸芙蓉园时，每至此下马，时人谓之下马陵，岁月深远，遂误传为“虾蟆陵”；白乐天《琵琶行》诗中，“家在虾蟆陵下住”，即指此也。民国二十三年，邵力子先生主陕时，曾从事修葺，焕然一新，墓外环以围墙，并有邵书“汉下马陵”门额。惜是日门已下键，未能入观。

十月二十七日，星期一，晴

吾人以在西京小有栖迟，势不能久居旅馆，昨闻方公云，已在菊花园十六号，假得寓庐，今晨遂全体迁去。屋为旧式建筑，甚宏壮轩敞；吾人所住为第二进全部及左右厢房，中有大院落，植梧桐两株，叶已疏落。屋主人为张翔初（凤翙）先生，老将军也。民初任陕西都督数年，陕民极爱戴，其人温文儒雅，和蔼可亲，近年且耽吟咏，无军人习气。方公与为旧友，故不索租价，其情殊可感。屋悬匾额甚多，皆张为都督时，其部属所赠送者。余与伟侠共居一室，朝夕聚谈，颇不寂寞。晚赴当地主人欢宴，肴馔甚丰，归时不觉醺然。

十月二十八日，星期二，晴

今日为旧历重九节，风和日丽，原拟于午饭后，偕伟侠出城小游，奈下午一时忽发警报，此为出行来第一次闻此呜呜声。西安市民于发警报时，除自动疏散乡间外，多至城墙根防空洞躲避；东西南北四城，各就其近处入洞。西安土质，富有粘性，虽不如渝市石层之坚固，但抵抗力亦强；且城墙为一线形，尤不易击中，故西安轰炸时，死伤甚尠。张先生宅中，有一自建防空洞，颇为深邃，但闻张本人从不入洞，虽弹声隆隆，安坐室中如故，其镇定殊不可及。今日紧急警报发后，敌机竟未至，解除后，与伟侠入市瞻眺，则瞬息间店门尽开，秩序井然。旋偕至东大街“大三元”晚膳，此肆为一扬州人所经营，其汤包烧卖甚驰名，有扬人擅长之肴肉及煮干丝，此为在渝久未尝到者，试之，味果佳；余与伟侠共尽凤酒一瓶，既醉且饱，伟侠笑曰：此聊当登高也。

十二月二十九日，星期三，晴

早餐后，偕伟侠出东大街至西大街游览，街北有鼓楼，高九丈余，明洪武十七年兴建，乾隆五年补修，共四层，顶层南面有“文武盛地”，北面有“声闻于天”匾额，上有警报台，未许入观。出西关，有太白庙，为明崇祯间陕抚汪乔年修；清乾隆三十九年巡抚毕沅以祷雨应验，奏请特加封号，重修庙宇，其后遂渐颓废，今为一警察分驻所。余与伟侠往游，据门警云，现纯为办公地，无殿，无像，亦无碑迹，伟侠颇为怏怏。入城，转至南院门街。西京繁盛街市，除东西大街外，南院门街亦不弱，且为银行钱业麇集之区。市面物价，普通较渝市为低，惟舶来品略高。居民服饰朴素，不事奢华，就吾人所见，有一特异处，即青年女子及女学生，均喜御军服，戴军帽，颜色以草绿及灰色为多，昔日长袍短裙，尽行废弃，其大衣亦多棉胎布质，此固为俭朴美德，但使人莫辨雌雄。此外亦有好着航空皮衣者，大抵以娼妓为多；至于着丝袜高跟鞋、呢质皮领外套，而自炫摩登者，除显宦巨贾眷属外，所见甚少，不似渝市触目皆是也。此间天气已冷，所携行李，不足御寒，今日特购棉絮一床，每斤六元，不惟价廉，纤维质亦较川棉胜多矣。

十月三十一日，星期五，阴

今日为蒋委员长五五寿辰，下午四时，西京市各界，

西安街景

特开庆祝大会。余随方公前往参加，到会团体民众不下两万人，会场设新城省政府大操场。按：新城本明季秦藩故邸，俗呼曰皇城，清顺治六年，就原有土城重建城墙，并辟五门，用为八旗演武校场，设将军统驭之，后渐成为满人丛居之区域。辛亥光复时，城内建筑悉为民军焚毁，一片广场，鞠为茂草；民国十年，冯玉祥督陕，始令兵工刈草莱，除瓦砾，植树木，建营房，就此设署办公，昔日残破荒凉之区，一变为冠盖云集之地，厥后历任陕督，胥设署于是。现省府及民财建教四厅，亦就此合署办公焉。省府前有大操场，地极广阔，凡公共集会，咸于是处举行。入晚，则乌鸦群集场上及省府树林，有时行经其地，则见黝黝一片，状如黑水之洋。据闻省府工人扫此鸦粪出售，年可获数千元，其众多可以想见。曩经成都时，即觉其乌鸦太多，但视西安，则有逊色，此诚奇象也。

十一月一日，星期六，晴

早起，与伟侠至大三元食汤包，甚可口。食已，就近游开元寺。寺在东大街西端，门临市面，为唐开元中建，因玄宗于开元二十八年，于延庆殿与胜光法师论佛恩德，乃令天下州府，各置开元寺一所，历宋明清均有补修。吾侪未至前，以为必有可观，乃入院门后，空场中只旧殿一幢，甚逼仄，为警察分驻所，所谓唐琼公道行碑，元华严世界海图，均未见，仅神龛中祀一玄宗遗像而已，但亦似久无香火。寺四周俱妓寮，门各悬一名牌，粉白黛绿辈，娇嗔以伺来客。余笑顾伟侠曰："李三郎居此群雌中，当不复忆及太真矣!"伟侠喟然曰："昔日名胜之地，今为娼妓荟萃之区，尚何言哉?"

十一月三日，星期一，晴

上午偕伟侠至西大街化觉巷游清真寺，俗名东大寺，为唐玄宗时建，碧瓦雕甍，气象瑰伟，即门首之照壁，亦镂刻极精。入门，有长甬道，道旁白石栏杆，整齐精洁，惜有一处曾中一弹，现巨坑犹存，石栏则散卧坑边，状如伤兵焉。甬道外，植古柏甚多，高入云表，礼拜堂为两殿衔接而成，深广宏壮，幽静肃穆，但教外人不许入观。左侧有一小学校，学生均回教子弟，设备亦尚完美。寺大门在旧民政厅前，后门则抵北广济街，占地之广，可以想见。余等出清真寺，顺道游城隍庙。庙在西大街，明时建，庙址宽宏，工程伟大，青砖碧瓦，俨如宫殿，庙前商贾云集，多售妇女用具及盔头戏装。后殿闻有城隍卧相，但因驻有军队，未能入观，每年旧历三月庙会，善男信女进香者，踵相接焉。

十一月四日，星期二，晴

今日至长安学巷十三号访旧友景枚九先生。枚九为同盟会老党员，辛亥前，在三原起义未成，与于右任先生同系狱。光复后，被选为国会议员，民国十年，余识于沪，因同办《四民报》，交谊良厚，其为人天真烂漫，跅驰不羁，性纯朴，不事边幅，学问渊博，诗苍劲类唐人，文章奔放恣肆，下笔万言；惜与世枘凿，所如辄阻。别后，未通消息十余年矣。余至西安，偶遇其门人罗剑书君，询知其住址，今日特往访晤。久别乍见，各大欢悦，其风度犹昔，并未衰老，而余则已白发盈颠矣。所居在孔庙侧，小屋三楹，颇简朴，枚九笑曰："别来贫窭如故，故居此陋巷，殊不足以应客！"余笑曰："如君端合近圣人居，何陋之有?”其室中书籍凌乱，纸笔纵横，一如昔之浪漫。枚九并出其所著《石头记真谛》两册，并亲于书面签署相赠。略为翻阅，殆知其将《红楼梦》中情节，皆归纳于民族思想；重要角色，则比拟明末清初诸人物，引证明确，独具灼见，盖较其他索隐，更有意义矣。余询其近作么生，枚九谓方从事精神食粮运动，盖彼以前方官兵读物太少，生活过于枯燥，故吁请党政当局，捐书购书，运送前方，俾官兵闲时阅读，可以启其兴奋，而慰其精神。余曰：“君愿甚宏，但值此纸贵洛阳时，征购恐不易耳!”畅谈半日，始兴辞归。

十一月五日，星期三，晴

今日卢君锦帆邀赴西大街五福楼吃羊肉火锅。西安冬季售羊肉火锅店甚多，但五福楼最驰名，其调味作料，多至十余品，真可谓酸甜苦辣，色色俱备。其羊肉均生切成薄片，以箸箝至火锅沸汤中，一烫即熟，鲜嫩异常，且毫无腥气，最后就汤煮面，味尤佳。又西安腊羊肉亦负盛名，制法以羊半只，洗净加盐卤腌若干时日，然后入锅徐煮，经宿烂熟，待其冷后，凝成巨块，切片零售，亦为下酒妙品。秋冬季为畅销时期，入春即停售，以西大街广济街口辇止坡童家所制为最佳，终日门庭若市，操刀者达数人，日可销羊数十只，营业之盛，可以想见。

十一月七日，星期五，晴

晨起，偕方公至某处公干，事毕，同至红埠街访李玉阶道师。李为江苏人，年三十余，长发曼剪，垂脑后如鸭尾。其目，一瞳睅大，一瞳睍小，见人辄睥睨而视。所业有似道院同善社之类，信徒甚众，彼即为西安院主，有家室儿女，同居院中。自谓初亦高中毕业，后忽信佛，不食荤腥；每日按时打坐，渐至通灵，言人吉凶祸福辄验。与之谈，旧学亦颇有根底。其客室中，名人赠联题字甚多，似其道术不仅为市井所崇信，且复见重于当今名公巨卿矣。其相人，目不张，低垂脸皮，与人对坐，谓其目光能由脸皮透出，观人顶上光彩，然后知其人寿数之修短，行止之休咎，过去未来之命运，其应验盖不下于严君平也。彼相余，谓五十一岁后，渐入佳境，五十三岁后，可以飞黄腾达，直到六十八岁，皆为亨通之年。然余自视穷愁潦倒，已届五十，将从何而飞黄腾达耶？殊未敢信也。谈次，李又导余等参观其佛堂，在佛堂外，须先去双履，肃穆而入，但堂中非如寺观祀有佛像，仅张白麻布巨幕三幅，燃香烛甚多，正中一幅，谓为主佛，左右则主佛之宾从；欲见佛者，须静默肃立，端视布幕，历若干时，幕中即隐隐见佛像，心诚者，则见速，否则佛不易现身。余侪同入者四人，有一人谓隐约见佛像，余则于正中左右，均曾熟视多时，无所睹也。岂余心存好奇，无意礼佛，遂不得见耶？但其所祀究为何佛，余于佛学无研究，殊不得知，然彼居然能设院招徒，往来士大夫间，亦奇事也。

十一月十日，星期一，微雨

上午九时，因有事于南门外某局，与董兆龙工程师乘汽车出南门，沿途原上，常有小塔林立，询知皆僧尼墓地。约行三里，见小雁塔耸立云表。小雁塔为隋炀帝藩宅，唐武后始立为大献福寺，度僧二百余，天授初，改荐福寺，中宗复立，大加营饰，有浮屠十五级，高三百余尺，皆景龙中宫人聚钱所立者也。神龙以后，翻绎佛经，并在此寺，历宋、元、明皆重修；清康熙间，紫谷禅师重修雁塔初基，抚军永泰捐饰大佛殿像，其寺基周一顷五十亩，为长安八景之一。惟塔顶析分为两半，望之如双峰，相传为明中叶时地震所震裂，但迄今屹然不倾，亦一奇观也。惜是日因事繁，未得入览，殊以为憾。再行二十余里，过韦曲，即唐韦后之故里，韦安石尝于此建别业，林木花榭，号称胜地，现犹有一小镇市，市外有学校数所。与韦曲相近者，为杜曲，杜曲有南杜北杜，杜固为南杜，杜曲为北杜，皆名胜之地也。盖唐韦杜二家，累世衣冠，显宦辈出，故唐人语云：“城南韦杜，去天尺五。”杜工部诗云：“韦曲花无赖，家家恼杀人。”又云：“杜曲花光浓似酒，霸林春色老于人。”即此地也。去韦曲东约三里，有杜工部祠，在北杜陵原半坡中，余与董君事毕，特往游览，祠为明嘉靖时建，祀工部石刻像，前年因久失修，势将废圮，前岁张溥泉先生筹备西京市政府时，睹之惋惜，乃施工重修，莳花植木，借以维护胜迹，并新塑一像。院落中有唐槐一株，并不矗高，但躯干甚伟，一半已枯，一半仍生枝叶，不知何故？祠侧有公共防空洞，建筑甚固，不惟可避空袭，且可坐以办公焉。西安城外高原中，树木

小雁塔

甚稀，惟此处则蔚然成林，故风景甚为秀丽。观毕，仍与董君乘车归。

十一月十二日，星期三，晴

今日为总理诞辰，各机关休假一日。晨起，偕伟侠往游武家坡，顺道观大雁塔、曲江池。出新关之南门（为警报时疏散市民出城之便门），越壕沟，至南门外广原上，经李家庄，约行十里，至大雁塔下。大雁塔，即慈恩寺，为唐高宗为文德皇后立。永徽三年，高僧玄奘起塔五层，以为藏经之所，长安中摧倒，武后及王公施钱，重建砖塔七层，其云雁塔者，以达亲国有迦叶佛迦蓝，穿石山作塔五层，最下一层作雁形，谓之雁塔，盖本此也。唐时，进士既捷，则题名于慈恩寺，故谓之雁塔题名；宋、元、明一仍旧制，以是塔前碑碣独多。明天顺间，复经重建，至清季，又颓废不堪；民国二十年，朱子桥将军特捐赀修葺，内外整理一新，每岁上元节，为庙会之期，城乡仕女，络绎往游，香火之盛，为城郊各寺冠。惜是日寺内驻有军队，不获游览，余偕伟侠惟在塔下徘徊瞻望而已。由

大雁塔

大雁塔东行二三里，即曲江池，池为秦时宜春苑故址，汉武帝凿而广之，因水流曲折，故名曲江池。隋时，改为芙蓉园；唐玄宗开元年间，更加疏凿，周围达七里。南有紫云楼、芙蓉园，西有杏园，花木环绕，烟水明媚，每届上巳节，都城仕宦，咸游乐于此，鲜车健马，比肩击毂，彩屋屏帱，匝于堤岸。玄宗亦常幸于此，率宫嫔集紫云阁纵观，命公卿士大夫名携妻妾以往，倡优缁黄，无不毕集，豪客园户，争以名花布道，进士乘马，鲜衣盛服，子弟仆从随后，率务豪华都雅，推同年少俊为探花使，有匿花于家者罚之，诚一时胜地也。安史乱后，遂尽废圮，今则无遗迹可寻，所见惟麦地荒村、白杨衰柳耳。池之东端，尚有广场一片。邻近公路，有小茶室、酒肆，所谓"曲江流饮"，至今犹为西京八景之一。余与伟侠就此小饮，伟侠瞻顾凭吊，感慨系之，当成绝句二章云："江水江花春恨生，杜陵野老已吞声。千门宫殿今何在？鼓角秋风满禁城。野草丹枫接远村，宜春旧苑了无痕。不须更读城南记，禾黍油油已断魂。"伤今悼古，佳构也。出酒肆，往寻武家坡，始知武家坡距此尚有五里，所谓王宝川寒窑，乃在此而不在武家坡也。当由土人导引至曲江池东北角，见高原中有巨沟，名鸿沟，沿沟约行半里，有白杨两株，植立一小庙前，即寒窑是也。门首有"古寒窑"三字，庙系倚沟壁建造，入门，经一小庑，内塑赤色泥马，闻即红鬃烈马，但所祀为关帝像，殊不类。左行入正殿，殿正中即古窑洞，内祀王宝川像，据道士言："宝川本宰相之女，下嫁薛平贵为妻，因贫无立锥之地，寄寓此破窑，后平贵以擒红鬃烈马功，膺先锋职，随军出征，十八年杳无音信，宝川矢志冰霜，苦守寒窑，不以母家荣富为意，惟挖食荠菜自活，后平贵显贵还乡，宝川遂亦位正昭阳，转苦为甘矣！"其词滔滔，似已背诵成熟，其实此事只见说部，正史并无考据，吾侪只有"姑妄听之"而已。窑门有近人高维岳所题一联云："十八年古井无波，为从来烈妇贞媛，别开生面；千余载寒窑向日，看此处曲江流水，想见冰心。"正殿门首亦有高所题一联云："富贵不能淫，贫贱不能移，威武不能屈，谁料丈夫出巾帼？稗官彰其事，妇孺彰其名，庙貌彰其节，从知贞女即神仙。"皆甚隽雅。殿中并有景枚九所撰重建该庙缘起一篇，骈四俪六，典丽矞皇，说宝川事，不真不假，亦假亦真，极诙谐可诵，忆当时未予录下，殊为遗憾。据道士言："古洞原止此，荒废甚久，到民国二年始重建此庙，并于楼上另凿一洞，塑祀平贵宝川两人像；民国二十四年复加修葺，高维岳所题各联，即是时作也。"言次，导余等经一土凿阶梯，登上瞻仰，见洞内两像并肩坐，颇生动可观；闻当年塑此像时，于宝川双趺，应塑天足抑小脚，颇生争论，盖谓小脚不合时宜，天足又不切事实，结果宝川裙下，遂无足影，此亦堪发噱事也。

十一月十四日，星期五，晴

早九时，偕伟侠往长安学巷十三号访景枚九先生，伟侠与枚九，亦南京旧识，惟别已十余年矣。昨闻余与相晤，遂挽余同去；相见之下，各大欢悦。枚九夫人，即其沪上所识某女士，患难相从，已念余稔矣，余曩与枚九共事沪滨时，尝与相见，今老矣。今日亦出话旧，每谈及枚九落拓境况，辄感慨系之。枚九出其旧日诗稿，与余侪披览，其中佳作甚多，但系孤本草稿，并未付梓，殊可惜也。临别，赠伟侠《石头记真谛》两册，并约再见期。余与伟侠出学巷，即往开通巷西口游卧龙寺，按卧龙寺为汉灵帝时建造，隋改名福应禅院，唐时因祀吴道子所画观音像，又名观音寺，宋初有高僧维果，长卧寺中，宋太宗又更名卧龙寺；明正德间，曾加修葺，后渐颓废，清慈禧蒙尘西安时，尝驻跸寺中，特颁帑重修，已甚宏壮；民国二十二年，朱子桥将军又捐资重装佛金，门窗新加漆髹，画栋雕梁，遂益形都伟。殿有四进，前两进为佛殿，中为食堂，后进为方丈室，布置颇雅静，僧侣约百余人，是时适值午膳，僧众齐集食堂，人各菜一篮，饭一碗，同声诵经毕，默然就食，寂无声息，此可见佛门之庄严肃穆。寺内有石碑，刻佛足印，长尺余，足指有花纹，成卍字，并注有发现年月，但此碑石质甚新，大约修葺时所重刻者，真迹如何，殊不可知。

十一月十六日，星期日，阴雾

下午五时，应罗君剑书召，赴其寓宅宴集，座中除方公外，有景枚老，刘君子威（中央社总编辑）及新闻记者多人。酒次，谈及文化事业，余始略知西安报业概况。余从事报业垂二十年，自廿五年后，搁笔久矣。今见彼辈豪情逸兴，不禁兴摇落迟暮之感，枚老民初尝于北平创办《国风日报》，蜚声一时，前年在西安，又办一小型日报，亦名《国风》，惜已停刊矣。剑书亦文化人，与其夫人俱湘籍，是夕肴馔，皆其夫人亲自调制，饶有湖南风味，枚老虽有风疾，而饮甚豪，余则倾觞辄醉。归时，细雨蒙蒙，见街头路灯，似荡漾在舟中矣。

十一月二十日，星期四，大雪

连日阴霾酷冷，昨夜开始降雪，晨起，愈下愈密，院落中积尺许深，檐前冰冻，排列下垂，状如水晶流苏；小麻雀无处觅食，纷飞窗棂顶棚间，一捉即得，有工人获数只，将付鼎镬。余曰："此亦饥寒所迫，致遭掩捕，其状殊可怜，宽释之!"遂尽放去。迩日同人将有事于外邑，睹此大雪，咸为愀然。共挽余往陇海路局，告以出发路线，请其予以便利，俾中途上下，无所阻碍。余毅然应诺。陇海路现为西北唯一铁道，战后，移郑东器材，接修宝鸡西段，直达天水，工程甚为浩大，局长陆君福廷，人极精细，具有魄力。潼关段路轨桥梁，虽迭遭炮毁，但旋毁旋修，干路不通，则筑以便道，卒能维持输运，使敌寇莫可如何。副局长吴君省三，人亦精干，闻悉同人所适地点后，遂代为计划，某人以某站上下为宜，某站可接某段公路，盖彼在此久，透悉交通情形，所谋靡不惬意。同人闻余获此结果归，皆欣然色喜，遂围炉共饮，欣赏此粉装玉砌世界，溯吾入川后五年，此乃第一次见六出花絮，尤觉逸兴遄飞，陶然大乐。

十一月廿二日，星期六，阴

昨日雪止，今日仍结冰，天气已入严寒，吾侪所备短装，实不足以御寒。今日偕伟侠、惜分、维英、济时诸人，至南院门积义公，各购黑滩羊裘一袭，价三百元。该店为西安老皮庄，据云此货去年只鬻百元，今则增两倍矣！西安物价增高，尚是循序渐进，其他货价，与去年相较，大约均在两三倍之间，不似陪都动辄增至数十倍或数百倍也。故其人民生活，社会经济，尚未发生剧烈波动，且市面收用国币，与重庆情形，亦适相反。重庆百元国币，随处可换用，人且乐于吸收，西安则不然，购物必先问是整币，抑零币，若为整币，必谢以无零币可找，如强其收用，则物价必略高，似等于九五扣，即此，可见其社会经济之平稳，而商民尤饶有守旧之风矣。

十一月廿三日，星期日，晴

今日下午，乡友鲍君，以同人行将出发，特假厚德福祖饯。厚德福为西京中餐馆巨擘，有两部：一设菊花园，为婚丧集团宴会之所，一在东大街，则供人零食，而以烤鸭最驰名。鲍君为其老食客，先期示之意，故所备菜肴，皆其擅长之品，烤鸭尤肥脆可口，吾侪居渝五年，久未尝此味，因得一快朵颐焉。

十一月廿五日，星期二，晴

维英、济时、伊生今晨俱出发，寓中已停膳，下午偕伟侠、惜分、补天至家庭餐室就食，室在东大街西段，吾侪出入，常过其门，见食堂逼仄，设备甚简，故未之顾，今日征得各人同意，姑往一试。入室，只一童子肆应，司账及指挥菜馔，则为一少妇，湘音，吾初意此必避难来此，姑营此以度日也，询其菜品，以五香鸽子、东坡肉、红烧牛肉、闷蛋等最擅长，因命各备一品，味果佳，且无菜馆气息，确有家庭风味。余好五香鸽子，伟侠则嗜东坡肉，不足，复益之。正饮啖间，室主人归，会谈之下，始知其即民国六七年蜚声上海文艺界之俞君印民也，其笔名为五湖渔隐，当时与余同为《小说海》《礼拜六》撰文，又同为世界书局撰小说，别来已念廿年矣。余固已苍老，印民亦华发盈颠，真有“故人相见俱白头”之感。旋介绍其夫人与吾侪相见，盖即司账人也。因亦入席与吾人酣饮，其豪放跅弛之气犹昔。余询其胡为至此，彼谓二十六年上海失陷后，即挈眷至汉，其夫人因激于爱国情绪，加入妇女服务队工作，彼则任职某伤兵医院，次年，随院入陕。前年，其夫人归自前方，乃经营此餐室，盖其夫人善烹饪，彼为老饕，虽以供客，亦以自便也。余笑曰：“君殆由文化而变为掌柜矣！”（西北呼店主人皆曰掌柜。）印民曰：“余之掌柜，与其他餐馆有别，因菜肴皆余妻手制，故于食客略有限制，凡伧父俗子，余皆谢之，凡纠众轰饮，喧哗叫嚣者，则逐之，余所以名‘家庭餐室’者，为供一二雅人小饮，与夫携带眷属者就食而已，犹恐顾客未喻余意，特著《餐经》数百言，悬之食堂，俾来客见之，知所以求饱之道矣。”言次，取其《餐经》与余侪读之，果为妙文，兹录之于次：

客问于康健子曰：“吾西之蜀，而东徂卫，止于长安，食奇而不能饱，昏昏然不知所之，敢请益！”康健子曰：“子其必以珍错而非肉不饱者乎？抑将用素蔬？”客曰：“奚奢哉！人生斯世，饱食适焉而已，少若不速，多若不足，饱矣而不知，是谓饱。”康健子曰：“子明饱之道矣，而不知所以求饱。夫饱，必以餐，餐有四要：宰生不淤，割正不乱，精粗悉分，纵横必理，肥不弃根，修不留皮，是为割切，其要一也；执明炉，视釜容，宜文宜武，或左或右，疾若电掣，缓似闲云，息息相关，间不一瞬，是为火候，其要二也；鲜去腥，肥去腻，嫩宜烹，坚宜炼，荤则素之，素则荤之，脂液交流，河海无间，是为调节，其要三也；鲜腴不过汤，滋嫩不逾量，酸辣不掩味，浓腻不叠箸，正反不二，宾主不夺，是为和量，其要四也。四要毕，然后言食，食有三必：必以时，必以地，必以人。不饥不食，愤怒不食，急遽不食，谓食时也；临庖不食，闻臭不食，昏黑不食，谓食地也；酗酒不对坐，恶声不同室，吐怒不接席，谓与食之人也。四要备，三必具，餐卫宜，则养生之道，其庶几矣！”客矍然曰：“大哉夫子之言！吾观世所□（抄时有遗字），如蝇附膻，顾何修而得此乎?”康健子曰：“驱尔东市，有餐室焉，扼四要，宜三必，极五味，尽八簋，室有芝兰，人无叫嚣，食不隔宿，价不昧称，子往饭之，必如子所欲矣！”客喜而退，趋入室，如所言，逢人辄告曰：“旨哉《餐经》！康健子语我。”

此不特将烹调诀窍道出，其文亦朴茂可喜，名为《餐经》，殊当。伟侠即席赠诗一首云：“莫怪驷桥题柱客，长门不赋作《餐经》。软红十丈京尘路，都是黄粱梦未醒。”印民夫人，姓卢氏，字苏丽，亦能文，廿六年由汉参加妇女服务队后，历鄂、鲁、冀、晋而入陕，每入沦陷区域，从事宣传救济事业，屡遇险，几为敌人掩执，皆能以智逃免。归陕后，著有《敌的后方》笔记，登载西安某报，凡敌在沦陷区种种暴行，及民众如何爱护国军，协助政治工作，皆能据实描写，其文复流利畅达，读之如身历其境，洵佳作也。余因口占一诗赠之云：“家庭餐室见双鬟，匹马关河带泪还。今日青门来卖酒，流离身世老朱颜。”

十一月廿六日，星期三，晴

午餐后，偕伟侠往东门游东岳庙，庙为宋政和时建，因年久失修，殿宇颓败。入门，有大院落，为公家借用缝制军衣，裁剪为男工，缝纫铺棉为女工，每袭棉花若干，皆有一定分两，但制作则甚草草。殿凡三进，上殿祀东岳大帝塑像，有宋人所绘壁画，甚精致生动，惜多已剥落。中殿为该庙私立道德小学课堂，有清初袁江所绘壁画，犹工整如新，邵力子先生主陕时，特作木栅维护，俾免损毁。前殿为缝工所占，殊无足观，时有主持老道士出而应客，并道观其所办小学成绩，据云：该校自民国三年开办，迄今二十余年，每年经费约五千元，皆为庙产撙节而来，政府并无津贴，出家人而热心教育，亦难得事也。游毕，时间尚早，而兴犹未尽，因与伟侠出城游八仙庵。八仙庵在东关外长乐坊，为唐兴庆宫之一部。相传宋时有郑生遇八仙于此，初仅起祠，元时安西王祈祷获应，因奏请扩大增修，占地甚广，清慈禧驻跸西安时，复敕令陕抚拨款修葺，至今琳宫丹室，宏伟可观。前有牌坊型大门，雕镂甚精，门侧有石碣，书“长安酒肆”四字，又有丰碑，刻“唐吕纯阳先生遇汉钟离权先生处”十四字；入门，经长甬道达前殿，前殿为公家借用，门已下键，后殿祀斗姥像，中殿最大，有朱漆巨屏，悬“戊不朝真”小木牌，始知今日适为戊日，例不参谒，经商道士，仍得入殿瞻仰，正中祀李老君塑像，两侧祀八仙塑像，皆气象肃然，栩栩如生。东院有吕祖殿，为妇女祈福之所，香火极盛，每值朔望，争烧头柱香者尤众。庵内道士约百余人，其造饭铁锅，径长五尺，锅巴厚寸许，甚酥脆，道士恒于四月十四、十五、十六日庙会时，出以飨客云。按八仙之说，俗传甚广，但正史俱无其人，《神仙通鉴》亦不载，元剧本中有“八仙庆寿”，似其名始于元代，兹就杂记所传，各得其历略如下：

一、吕洞宾　《尚友录》载：唐河南府人，名岩（一作嵒），以进士授江州德化县令，私行庐山，遇钟离真人，授天仙剑法，得九九数，号纯阳子，尝憩岳州白鹤寺，老树精见之，冉冉下拜，自为诗曰：“独自行来独自坐，无限世人不识我。惟有城南老树精，分明知道神仙过。”又经邯郸客邸，适主人炊黄粱，时有卢生在，生言困厄，欲求仕，岩取囊中枕授之，睡未几，梦登第，出入将相五十年，荣盛无比，及觉，黄粱尚未熟也。后值黄巢乱，移家居终南山，莫测所往，亦称回道人，世人均称吕祖。

二、张果老　《尚友录》载：唐之方士，不知何许人，隐于中条山，往来汾晋间，尝自言生于尧丙子岁，每乘一白驴，日行数万里，休息时，折叠置于巾笥，用则以水喷之，复成驴。武则天时，使使召之，果诈死于妒女庙，后开元中，玄宗遣徐峤、卢重元赍玺书迎果至京，帝欲以玉真公主降，果大笑，不奉诏。屡上表恳辞还山，号通玄先生。天宝间，帝复诏之，果闻辄卒，帝立栖霞观祀之。

三、韩湘子　《尚友录》载：唐韩愈侄，字清夫，幼育于愈，落魄不羁，愈勉之学，湘曰："吾所学，非公所知!"愈使言其意，乃作诗曰："青山云水窟，此地是吾家。后夜流琼液，凌晨咀绛霞。弹琴碧玉调，炉养白朱砂。宝鼎存金虎，元田养白鸦。一瓢藏世界，三尺斩妖邪。解造逡巡酒，能开顷刻花。有人能学我，同去看仙葩。"愈曰："子能夺造化乎?"曰："兹事甚易!"即聚土以盆覆之，良久花开，花片上出金字一联云："云横秦岭家何在，雪拥蓝关马不前。"愈不晓，湘曰："事久可验。"后愈贬潮州，中途遇雪，俄有人冒雪而来，即湘也，询其地，知为蓝关，前同宿传舍，出药一粒与愈曰：“服此可御瘴也。”但《随园随笔》谓湘乃会昌三年进士，非好道者也，其好道者，别是一族子，韩诗云：“击门者谁子，问言乃吾宗。自言有奇术，探妙知天工。”可证也。

四、蓝采和　《尚友录》载，唐末逸士，襕衫绿裤，黑木腰带，一足靴，一足跣，夏服絮绨，冬卧冰雪，自号蓝采和，尝于长安市上，携篮而歌曰：“踏踏歌，蓝采和，世界能几何？红颜三春树，流年一掷梭。古人混混去不返，今人纷纷来更多。朝骑鸾凤到碧落，暮看桑田生白波。良景明虚在空际，金银宫阙高嵯峨。”得钱，则用绳穿，拖之以行，或散失，亦不顾，后于濠梁酒楼饮酒，闻有笙箫声，忽乘云鹤而上，遗下靴带襕衫拍板，冉冉而去。濠州今有望仙楼，相传采和登仙时，人聚此楼观之。

五、钟离权　汉咸阳人，生而奇异，美髯俊目，身长八尺，遗弃世事，于县东四十里正阳洞修炼，即俗称之汉钟离也。但《宣和书谱》谓汉钟离为唐时仙人，名权，与吕岩同时，尝自称天下都散汉钟离云。今人误以“汉”字属下，因遂傅会钟离权为汉将钟离昧。其实汉钟离为地名，非人名，杜甫诗云：“近闻韦氏妹，迎在汉钟离。”可证。且八仙中，唐时人居多，似以《宣和书谱》为可信，否则汉唐相距六百余年，钟离权何能会吕岩于长安酒肆耶？

六、铁拐李　史传无其人，《陔余丛考》谓《宋史》陈从信、魏汉津两传，有李八百，然不言其跛而铁拐也。《续通考》谓隋时人，名洪水，小字拐儿，亦不言出何书。又《神仙传》载：李八百蜀人也，莫知其名，历世见之，时计其年已八百岁，因以号之，或隐山林，或居市廛，相传能拐，日行八百里，是李铁拐，即李八百，亦未可知。

七、曹国舅　《陔余丛考》谓为宋曹太后之弟，但考《宋史》，慈圣光献太后弟曹佾，年七十二而卒，未尝有成仙之事，此外又别无国戚而学仙者，究不知为何许人。

八、何仙姑　宋魏泰《东轩笔录》载：永州有何氏女，幼遇异人，与桃食之，遂不饥，自是能逆知祸福，乡人神之，为构楼居之，世谓之何仙姑。

伟侠见余孜孜研考八仙来历，因笑曰："子但知此八仙，亦知另有八仙乎？"余曰："何谓？"伟侠曰："《蜀记》载：蜀有八仙，首、容成公，隐于鸿沟，今青城山也；次、李耳，生于蜀；三、董仲舒，亦青城山隐士；四、张道陵，今鹤鸣观；五、严君平，卜肆在成都；六、李八百，龙门洞，在新都；七、范长生，在青城山；八、尔朱先生，在雅州，好事者且绘为图焉。”余曰：“如是，唐亦另有八仙矣，即李白、贺知章、李适之、王琎、崔宗之、苏晋、张旭、焦遂是也。”伟侠曰：“此乃饮中八仙，皆酒友也，乌能言仙?”吾侪出八仙庵，顺道至炮房街游罔极寺。寺为唐中宗神龙元年太平公主建，为则天祈福者，玄宗时，曾改名为兴唐，明正统年间重修，仍复旧名，殿凡二进，前殿祀如来佛，像甚伟；后殿有睡像石佛，某年寺僧不戒于火，后殿被焚，全部几废。民国二十三年，朱子桥将军捐资重建，然亦仅复前殿，不逮昔时庄严远矣。寺内有女尼六人，为状殊清苦，香火亦不盛，闻寺后有喇嘛塔，以时晏未往观。

十一月廿七日，星期四，阴

伟侠、惜分，于今晨同车出发，惟余一人留西安，一榻萧然，殊感岑寂。下午俞印民约至家庭餐室晚餐，在座有古文家，有戏剧家，相谈甚乐，且皆善饮，印民复亲制数肴飨客，而以春卷为最酥松可口。酒后，相偕至易俗社观剧，归已夜午矣。

十一月廿九日，星期六，晴

今晨七时，忽有警报，此为到西安后第二次闻此不祥之声，仍避入张宅自建之防空洞，至十一时解除。十二时半，又发警报，二时解除。三时一刻，又闻呜呜声，到五时解除。每次均只一架，亦未投弹，此殆敌寇扰乱人心计也。

十一月三十日，星期日，晴

今日两次警报：第一次，六时三刻开始，九时解除。第二次，下午二时一刻开始，四时半解除。每次均四架，第一次在宝鸡、武功等处投弹，第二次未详。

十二月一日，星期一，晴

凌晨七时，有警报，至九时一刻解除。解除后，拟入市谋果腹，乃因警报太早，食店未及升火，至一小面馆，候一小时，始获食面条一碗而已。十二时又发警报，在防空洞内，闻隆隆爆炸声，至一时三刻解除。每次各五架，第二次在西关外及王曲投弹，无损失。

十二月二日，星期二，晴

今晨警报更早，五时三刻，即闻电笛声，披衣入洞，寒风刺骨，至九时解除。十时又发二次警报，三时解除，均未入市空。四时随方公至长安县政府公干，县府设少陵乡大兆镇，距城仅六十里，因司机不识途，汽车驶入别一公路，往返多行百余里，至五时半始到，已垂暮矣。县长为邵履冰，在陕作邑侯七年之久，人颇精干，是夜即宿县府。

十二月三日，星期三，晴

晨六时，县府得电话，又有警报，但晓雾甚浓，十步外几不见人，余知敌机未必能来，乃至镇上游览，镇不甚大，有小街二，颇整洁，除县府所属各局外，有卫生所，有民众教育馆，市上标语皆该馆所制，有所谓“四一”运动，即“一人一株树，一家一群鸡，一女一纺车，一户一织机”。每句下，绘巨幅图画，使不识字者见之，亦能解其意。镇上居民，虽在警报中，亦照常作事。至九时，警报解除，十时三刻，警报又至，乃与方公乘原车回城，行至王家庄，紧急警报声作，急停车，入一农家小憩。其家有一老人，为烹茶招待，状甚殷勤，其子皆在麦地力作，妇女则居家纺线，男耕女织，似一小康之家。返顾吾人仆仆风尘，出入险阻，实不及此老优游田园，怡然自得远矣。至十二时，尚无机声，意敌机已他往矣，询之司机，知此间距城仅二十里，十分钟可达，方公因急欲归，遂开车行。将入东关外大街，敌机数架掩至，瞬息即在顶上，似方追击吾人汽车，司机急开足马力，驶入城门楼下，敌机机枪声与城楼高射炮声并作矣。吾人仓猝避入城墙防空洞内，俄而机声已杳，未闻投弹，至一时三刻，步归菊花园寓庐，三时始解除。

十二月四日，星期四，晴

晨七时一刻，又闻警报，八时，敌机五架，飞临西安市空，在新城内投弹，机上机枪，复密密扫射，吾侪所住屋脊，曾遭数弹，毁瓦三四行，幸西安旧式建筑，瓦下尝铺厚泥，故枪弹未能透瓦而下，屋主人张老将军仍不入洞，时方端坐室中，安然无恙。至九时解除，依吾人连日经验，中午仍有警报，故于第一次解除后，先谋进食，菊花园街口，有一小酒肆，专售酒，不供菜，并有真正凤翔酒，味甚醇，店主人于室中燃小火炉，以锡壶盛酒，就炉上徐徐温之。一壁置巨瓮五六盛酒，一壁列小酒桌三四待客。来饮者，以温酒飨之，其温度甚适宜，不似四川酒店，辄使人冷饮。余日来初次警报解除后，必至该店尽凤酒一壶，其门首有售腊羊肉者，辄取以下酒，间壁为小面馆，饮毕，则进面一碗，如再有警报，不虞枵腹矣。今日余因在家庭餐室得鸽子一头，饮兴忽浓，乃令店主人发其新醅名太白酒者饮之（另有名贵妃酒者味稍逊），味又醇于瓮装，自斟自酌，一瓶几罄。归后，不觉醺然入睡，醒时，已四时有半，忽闻警报声，询之侍役，始知此为第三次，第二次在十二时半，三时半解除，其时余方在酣寝中，幸敌机未至，否则几误事。第三次至五时半解除，未见敌机，闻在汉中肆虐矣。

十二月五日，星期五，晴

昧爽，警报声作，时间较前更早，时明月在天，霜华遍地，摸索而起，冷透骨发。少焉，曙光微露，乃步至防空洞口，洞原在一废圃中，野菊数本，已憔悴无生气，树枝尽秃，寒鸦犹群集其上，屈体缩颈，似亦惧此寒气侵袭，不欲飞去。俄而朝曦上升，碧空无片云，但阳光淡淡无力，并不能使人类稍获温暖，岂天亦厌见世界无谓厮杀，而不愿以热面向人耶！余徘徊此枯林落叶之上，历三小时之久，至九时，警报始解除。方公以事须赴洛阳，决于今日下午首途，余初请其少待，未果，乃自请留此，以待同人之归，方公诺，幸本日中午无警报，送行者甚众，方公去后，侍役尽随行，余遂一人踞此广厦，孑然如孤僧矣。

十二月六日，星期六，晴

早七时半，又发警报，敌机四架，侵入西安郊外，在乡间投弹后逸去。下午无警报，余以独居无聊，乃步至莲湖公园游览。公园在城西北隅大莲花池街，原为明季秦藩王妃放生池，引通济渠水注之，中植莲花甚茂，嗣以年久失修，渠塞水涸。清康熙七年，巡抚贾汉复浚渠凿池，植以莲花，遂名莲花池，池旁有莲花庵、元庆寺、莲花寺，为清雍正元年重修，民元辟园之东北部为体育场，为群众集会之所，旋废，民十重加修葺，渐复旧观。冯玉祥督陕时，毁寺改为公园，二十年又加整顿，引水植木，积土为邱，更名为莲湖公园，茅亭水榭，颇饶花木之胜，每夕阳西下时，游人甚众，但抗战后，情景稍衰，园内建筑，尝遭敌机扫射，墙壁上弹痕累累焉。西安城内，尚有一建国公园，凿池筑榭，略具规模，另有一革命公园，占地甚广，然除阵亡将士墓及纪念碑外，荒芜不堪。

十二月七日，星期日，晴

今日下午二时，伟侠归，三时，济时归，夜十一时，惜分归，二时，伊生归，四时，维英、补天归。小别数日，忽又团聚，各以途中所见，资为笑谈，但闻悉方公先行赴洛阳，则又皆怅然寡欢。

十二月九日，星期二，晴

黎旦发警报，九时解除后，遂偕伟侠、受之、维英、惜分等往游华清池，此去本有二途可循，一乘火车到临潼下车，一乘骡车由公路直达，众以火车时间已过，乃决定雇骡车前往。早餐后，相偕出东门，于八仙庵前雇一拉拉车，其形绝类板车，不过两缘附以坐栏，用骡驾曳而已。驾车为鲁人，黄髭秃顶，冠以毡帽，无识而多言，伟侠素好诙谐，故与攀谈，所言辄令人发噱。一小时后，抵灞桥。桥距城二十里，建于汉代，梁礅皆青石，王莽篡汉，更名长存桥。故事都人送客至此，折柳赠别，迎来送往，辄为黯然，故又呼为销魂桥。桥身甚修长，两端各有牌楼，一书“西通关陇”，一书“东接肴函”，陇海路建筑后，于上首另建钢桥通车，公路则仍由此桥通过。桥下水流漉漉，衰柳数株，摇曳隄岸间，诚使人动伤离惜别之感，因于车上口占一绝云：“古驿滩声漉漉流，虹桥远接陇头秋。长堤衰柳年年在，多少行人为汝愁。”伟侠笑曰：“人自离别，何怨杨柳！”因亦成一绝云：“一笛西风万柳条，长堤冰雪已全消。此行莫怪无佳句，暖日驱车过灞桥。”过灞桥，行十余里，经邵平店，相传秦亡后，邵平种瓜于此。三时半抵华清池。池在临潼县南半里许骊山之麓，唐贞观十八年，置华清宫，咸亨二年，易名温泉宫，天宝六年，复曰华清宫，治汤井为池，环山列宫室，又筑罗城，置百司十宅，各有寓止，玄宗尝于十月往幸，岁尽乃还，因广池汤为十八所，最华丽之芙蓉汤，即为贵妃就浴之所，构造恢宏，制作精美，当时确有彤庭青锁、星拱龙蟠之胜，今则殿宇无存，宫阙尽废矣。民国十九年，由陕西省府设处管理，定名华清池，修砌整理，培植花木，风景渐佳。二十四年春，省府为谋整理及发展计，委托中国旅行社经营，添辟特坐，增建旅馆厨司，以作旅客游息

华清宫

之所。余侪至时，由旅行社主任张君天任导至其旅馆休憩，此屋在院之东偏，卫生设备俱全，有房五间，布置雅洁，正中一室略大，间为前后两间，前面客厅，后为寝室。廿五年西安事变时，蒋委员长即居此室中，玻窗中一弹，孔犹存，旅行社于内外各镶玻璃一片，借留纪念。屋前走廊甚宽，圆柱俱髹红漆，亦有弹孔数处，偏西墙上，更弹痕累累，迄今俱未括去，当时情形之险恶，可以想见。此一事变，中华民族存亡之关键也。走廊前有平台，甚广，下为莲花池，池上架小桥，通餐室、阅报室，其左，贵妃池在焉。贵妃池最大，可容五人浴，外有更衣室，内为浴室，余为双人池、单人池，各五六所，俱嵌白磁砖，精洁舒适。院西尚有一巨池，专供平民沐浴，并不取资，惟其源泉不及重庆北温泉之汹涌，须先接储一井中，再分灌各池，其温度恰到好处。吾人久役风尘，心身两倦，经此一浴，愉快极矣。夜间，由旅行社备晚膳，菜甚精美，伟侠逸兴遄飞，相与痛饮，膳毕，度桥返室，咸有摇摇欲倾之势。寝后，默思此一代胜迹，流传千古，玉环固由此承恩，而马嵬惨劫，亦兆于是矣！因成绝句一首云："秋老斜阳画角哀，华清无复旧楼台。伤心一勺温泉水，曾洗凝脂玉体来。"

十二月十日，星期三，晴

早六时起床，略进面食，即与伟侠等共登骊山，由华清池东垣出，经中山林，遥见山半有巨石蹲踞，巍然高耸，即“双十二”委座蒙难处，今名“复兴石”是也。据《临潼县志》载，此石向名“虎叛石”，岂在千载以前，即隐兆杨虎城之叛变蒋公乎？殊为奇怪。吾人拾级跻登石前，见石上刻名人题字甚多，字迹瑰伟，有一字而径数尺者，如卫立煌之“至大至刚”，刘峙之“夷险一节”，陈诚之“正气浩然”，万耀煌之“天地正气”，胡宗南之“万流仰止”，陈继承之“仰之弥高”，李默厂之“精诚感召，化及万有；一石巍然，与天同寿”。皆笔力遒劲可观。其余尚有数十幅，不能尽记，字槽均涂红漆，远处望之，但见红光一片，炤耀山间，正似象征委座革命奋斗中一页光耀史焉。由复兴石右行登山，约半里许，为长生殿遗址，据闻原有宫殿旧迹，依稀可寻，因冯玉祥氏督陕时，拆作他用，故今只有断砖碎瓦，散乱荒烟蔓草间而已。由此再右行，有朝元阁，内祀铜铸佛像，阁只两楹，颇为颓败，仅一老道人住持，年已八十二岁，尚强健如五十许人，上山下坡，健步如履平地。阁内有明代绿磁巨瓦若干块，惜以笨重，弃未携取。山中古迹，老道均能指示，并能道其本源，因导余等往观杨文广之喂马槽，槽为巨石凿成，一端底有圆孔，长约丈许，阔约三尺，深亦三尺余，状似川人所用之贮水槽而略巨，石质并不甚古，委置一麦地中，谓为杨文广喂马槽，未免附会。由此向西，为秦琼救驾处，其地为一小山，山顶平秃，无任何遗迹，是否为叔宝救太宗处，亦不可知。吾人辞去老道，循朝元阁前路，再登一山巅，名斗宝台，为周末诸侯斗宝处，台上有老姥宫，传即女娲炼石处，宫有两重，前重败旧，后重稍新，道人数辈，皆蠢俗不堪。立斗宝台俯瞰，临潼县城及华清池，历历在目，偏东之秦皇冢，亦隐约可见。距斗宝台数里，尚有一峰，殆为骊山最高峰，名烽火台，即周幽王举烽火以征诸侯，使褒姒发笑处。同人以攀登已倦，无意往游，乃缓步下山，行至山腰，临潼县城，忽发警报，俯视城内居民，纷纷出城逃避，但以地属平原，无洞可掘，出城后，亦惟匐伏于田塍麦地中，吾侪因在山上，觉海阔天空，随处可避，似较城中人幸福多矣。未几，警报解除，相率入城，城为方形，有四门，城内街道狭小，住户多而商店少，状甚萧条。余侪于城中，见一西秦饭庄，因往就食，菜尚可口。饭后，步行至火车站，适有空车一列，停此添水，遂搭乘火车返西安，抵站时，已万家灯火矣。

十二月十二日，星期五，阴

同人已决定今日离陕赴洛，晨起，余即往陇海路局将车票卧铺定妥，下午行装既成，伟侠乃倡议在西安市作最后巡礼，于是相偕出西大街，转南院门，再返东大街，至大华饭店聚餐。店内悬张善孖画虎四幅，虽为珂罗版印成，而笔致如真，内有一幅，画二虎，一睡一醒，有善孖题句云：“日月运行，一暗一明。丘陵起伏，一颇一平。圣人观化，一塞一亨。君子在野，一睡一醒。”甚有意致。同人以今夕即将离此，饮兴皆动，除维英照例不饮外，咸醺然酣畅。归后，向屋主张老将军告别，夜十一时乘车至火车站，一时登车，二时始开驶，吾人西安之游，遂终于是矣。凭窗外望，见霜花满地，四野萧然，西安全城，阒无声息，惟车站路灯，黯然撑持寒气中，若向吾人致其惜别之意，同人不觉同声曰：“别矣西安!”伟侠更有诗一首云："长安一月漫观光，又绕函关下洛阳。风笛一声离别地，渭城衰柳灞桥霜。"

十二月十三日，星期六，阴

依路局规定，火车今晨应抵东泉店，当换汽车至灵宝，乃昨夜行至窑村，距西安才二十里，即因机车损坏，停驶修理，延至今晨七时始抵临潼，又以煤炭不够火磅，停此换煤，至十时复开，沿途时停时驶，迄夜七时始抵东泉店，其速率几不及马车矣。东泉店原为一小站，因至潼关桥梁多被敌人炮毁，故以此为东西行起终点。既无车站，往来车恒停轨道上，吾侪下车后，天已漆黑，乃随挑夫下铁路隄，摸索至秦晋旅馆下榻。此处本一小市镇，房屋无多，而旅客无论东西行，皆须在此寄宿，故各旅馆早已客满，此秦晋旅馆，尚系路局以电话预定，否则真有露宿之虞。行李安顿后，乃同入小酒肆晚膳，虽是茅檐竹壁，而烹饪殊佳，归后，即向路局联运处登记购票，夜与伟侠谈至更深始寝。

十二月十四日，星期日，阴

晨起，略进面食，即登汽车。照规定，每车只能载三十人，今日则逾五十人，益以各人行李箱笼堆置车中，致摩肩叠膝，拥挤不堪，伟侠笑曰：“此真可谓无立锥地矣!”余曰：“雁行立，鱼贯坐，周身如受桎梏，直可名为车刑，凡受车刑者，此后旅行，当不虞挤杀矣!”由东泉店至灵宝，有公路二：一为老路，须沿河滨直趋潼关，对河风陵渡敌人，不惟炮火可及，即机枪亦可达到，故常有汽车被击事；路局为旅客安全计，乃另开一路，由东泉店南行，迂绕潼关，可避敌人枪炮射击，是名新路。据西安路局相告，联运汽车，例须走新路，决无危险，吾侪初亦信之，乃是晨开车后，竟沿河滨向潼关急驰，北岸敌人营幕炮位，历历可见，吾人因不知此为老路，故任其行驶，抵潼关时，爬登山坡，几如牛车，私念敌人如此时发炮，则全车齑粉矣！过潼关，盘旋下山，至一山隘，停车休息，此时始有一人低语曰：“今日所行为老路，险极矣!”余闻言大诧，而司机立止其人不许言，几经探询，始知行

潼关风陵渡

潼关古城

新路约多八十里，司机改行老路，则可省此八十里汽油入其私囊矣！而全车旅客生命之危险不顾也。潼关山势峥嵘，气象雄伟，城建山上，依山蜿蜒起伏，状甚壮阔，城内房屋，多被敌人摧毁，车行城外，但见断瓦颓垣，�拄寒云冷雾中，守城军士，屹立山巅或雉堞间，气概甚勇，吾人停留山隘间，犹能望见其雄风，因与伟侠曰：“如此形胜，焉能无诗?”伟侠曰：“子盍先以示我?”余即就车中成五律一章云：“朝发东泉店，潼关冒险过。孤城余瓦砾，一路势嵯峨。喜见熊罴守，无虞敌寇多。中原未收复，游子恨如何?”伟侠曰：“吾人途间所作，绝句多而律诗少，今亦当奉答律句一章。”因吟云：“锁钥三秦一线通，长河左折抱关雄。山连崤谷吞平野，水隔风陵扼九嵕。列幕旗翻衰草白，断桥雪映劫灰红。西来形胜兹为最，路绕关亭更向东。”

车出潼关后，地多平原，公路仍沿道东行，不过距河床稍远耳，河边有壕堑甚多，皆为我方健儿用以拒敌渡河处。在战事未发动前，黄河每冬例结厚冰，骡马车可踏冰而过，自抗战后，从未结冰，致敌人无法渡此洪流，是诚天意也。公路线较地面略低，灰尘甚大，沿途畜车极多，所载多为战时需用品，东西往来，络绎不绝，于此，益信后方运输，已人尽其力矣。伟侠笑曰：“岂惟人尽其力，畜亦尽其力矣！将来战事胜利后，论功行赏，此疲牛倦马，应亦在旌奖之列。”余曰：“然则牲畜血汗，在吾国已功同汽油矣。”少选，过阌乡县阌地镇，停车检查毕，续行，至一土山下，又停车休息，此又司机故弄狡狯，盖恐到灵宝太早，车站知其擅改行程，故不得不借此延展时间，以掩其谲诈也。此时车上旅客，既饥且倦，咸催司机续行，下午三时，过灵宝县城，城在一山嘴前，正当河边，无论新路老路，皆需闯关而过（即冒敌人炮火闯过）。汽车先越一铁路堤，加足速力，直驶河边，再入城，出东关，即为汽车终点，而东行火车站在焉。此处为一山峡，两面土山，夹铁路对峙，绵亘数里，为敌炮射程所不及，车站人员，均依山掘窑洞办公，既可避空袭，复无构屋之烦，铁路堤下，仅有小食店数家，并无旅馆，同人乃就此小食店安顿行李，席地而坐，至夜十二时，始登车东行。

十二月十五日，星期一，晴

东行车上布置，不及西段蓝皮钢车甚远，此种车辆，大抵皆在军事仓皇中，由各路抢集而来，故不得不因陋就简。天明过陕州，九时抵洛阳西站，方公派陈君咸照至车站迎候。伟侠因洛阳同乡多，被迎至城外“西工”友人家住。余侪随陈君至高平南街农工银行晤方公，陈述离陕情形。方公致慰劳后，即欲余侪同寓农工银行，余个人本宜随方公进止，但同人均以银行出入不便，力主各觅寓止，余与济时、惜分、伊生，则至农工银行附近之豫洛旅馆假寓焉。

十二月十六日，星期二，晴

洛阳，即周之洛邑，东汉旧都，自古为著名都会。东枕嵩山，南临伊洛，西控崤阪，北带黄河，四塞险固，形势雄胜，古昔中原有事，咸以此为枢纽。自陇海路横贯平汉，经此入陕，交通益形便利。抗战后，开封沦陷，豫省府迁驻于此，遂成为河南省会。余以初次莅此，晨起，特入市游览，街市逼仄，远不及西安之壮阔，房屋多旧式建筑，街道亦分东西南北四大干线，东西街略长，南北略短，较大商行多在城中区，余均小店，城北荒凉尤甚。交

自南向北鸟瞰洛阳城

洛阳东城门

通工具，惟有人力车，汽车则因街狭人众，行驶极感困难。人民朴素诚实，犹有古燕赵风。女学生咸衣灰布棉军服，一如西安所见。城中曾遭敌机轰炸，迄今颓垣断壁，犹多未修复。东华街旧府署，昔颇壮丽，“一·二八”沪战发生时，林主席曾驻跸于是，今则全毁于火，略无寸堵，惟门首石狮，尚偃卧于瓦砾中，徒使人兴铜驼荆棘之感而已！晚间，方公宴同人于中州饭庄，菜品殊丰美，黄河鲤尤鲜嫩。洛阳菜馆，多以饭庄名，其房屋愈古旧，则菜肴愈驰名，而生涯愈鼎盛，北方风味，大抵如斯。

十二月十七日，星期三，晴

上午罗君竟成来访，谈次，始知其于汉口失陷后，即随振委会来豫，现方任职于卢氏某机关，状颇郁悒。下午，当地主人宴同人于“西工”，四时与方公同车出西门，街市尽处，为通“西工”马路。路旁槐树成列，惜尽秃矣。半途，经周公庙，内有花园甚广，花木蔚然，伟侠即假寓于此，其景象较城市幽静多矣。过此约三里许，入一树林，地下遍植冬青，间为花圃，某某府在焉。昔吴子玉将军作巡阅使时，使署即设于是，声威烜赫，震动寰宇，某年五十寿辰，各省显要，均来此祝寿，车马喧阗，旌旗载道，“西工”俨然成中国政治重心，曾几何时，倏成陈迹矣。惜是时天已暮，未能一一周览，据闻当日范畴，所存已无几矣。宴毕，复举行某种会议，至夜深始散。归途，抚今怀旧，颇多人世沧桑之感，爰成律句一章云：“紫陌铜驼画角哀，中原王气尽成灰。鹰扬虎踞如尘去（曩吴子玉五十寿辰，康南海赠寿联，有“天下鹰扬，洛阳虎踞”等语），豕突狼奔动地来。百战河山伤废垒，孤城车马几雄才。元戎幸有平倭计，风卷残云夺险回。”末二句盖指是时郑州收复未久也。今日席间得遇冷隽人、汪植如、徐石麟诸友，此皆十七八年皖中旧识，异地相逢，弥觉亲切。

十二月十八日，星期四，晴

上午十时，忽发警报，据闻洛阳无警报已两阅月矣，今又闻呜呜之声。街上秩序尚佳，余侪均逃入农工银行防空洞内，此洞虽是土质，但甚深邃，巷坚而曲，颇合防空条件，紧急警报后，仅有敌机一架临空，在“西工”飞机场投弹后逸去。

十二月二十日，星期六，晴

洛阳旧友，较西安为多，故日来宴集无间，盛醴丰馔，环坐满引，虽在天涯羁旅中，犹有朋簪谈宴之适，其菜味最精美者，应推豫顺饭庄，无从觅购之海味，彼竟有以应客，鲤鱼制作，尤所擅长，然其房屋餐厅，乃至杯匕碗盏，无一而非旧式，古色古香，殆非他菜馆所能及。

十二月二十一日，星期日，晴

凡至洛阳者，必游龙门，龙门即伊阙，在洛阳县南，距城三十里，昔大禹疏以通水，两山相对，望之如阙，伊水历其间北流，故谓之伊阙。山谷相连，阻厄可恃，汉灵帝置八关都尉，以备黄巾，伊阙其一也。余早餐后，向农工银行假得汽车，由该行郝君为向导，车出南门，经一长桥，名天津桥，为隋炀帝所建，宋邵康节先生尝于桥上闻鹃声，叹曰："地气南来，不出十年，南人必有入相者，从此天下多事矣！"后王安石入相，事乃验，至今桥头仍有一亭，盖洛人追念邵先生而筑者。过桥，南行十余里，为"关林"，即关壮缪公冢，停车往游，门前古柏参天，气象萧森，入门，有殿三楹，第一殿塑关公龙袍像，第二殿塑关公武装像，俱伟大，第三殿塑三像，中端坐，左观书，右睡像，庄严如生，望之生敬。第三殿后，有冢如丘阜，即关公瘗首处，冢有小石门，上书"钟灵处"，冢前有石牌坊，横额书"英雄千古"四字，两旁镌联甚多，惟正中一联云"三分疆域此抔土，万古纲常第一人"最佳。出关林，行十余里，见两山峙立，中如斧劈，伊水贯流其下，河上建长桥，可通车马，桥东为香山寺，诗人白香山墓在焉。无寺院，有新式楼房数幢，民国二十五年，蒋委员长五十寿辰，即居此楼祝嘏。桥西即龙门，遥望石洞如蜂巢，北口有石楼台，台下为禹王池，水清而温，时有泡沫喷出，状如虾蟆吐水，故又名曰虾蟆嘴。循此过数石洞，洞无大小，内外皆刻佛像，有坐有立，全身半身，不一其式，惟佛像头部，悉被人凿去，究为何人所凿，言人人殊，中国人不善保存古迹，于此可见。石洞最大者，为宾阳洞，即唐龙门三龛是也。穹窿如覆釜，高皆数丈，方圆如食堂，各就山石凿成大佛一尊，庄严雄伟，四壁凿无数小佛，排列无一隙地，盖唐代习俗，凡祈祷获验者，皆凿一佛像以致敬，故像下各有姓名。龛顶有碑志若干，即著名之龙门二十品，惜因拓者太多，已毁漫不见字矣。过宾阳洞，再上，为奉先寺，即俗称九间房子者，依山凿成门字形，广阔约三亩，中凿大卢舍那像，高约十丈，左右凿四大金刚，亦皆八丈有奇，为唐代宗大历十年造，龙门造像，要以此处为最伟大，因其躯干过高，面目亦略完整，观此，可知中国古代艺术之高超矣。归途口占一绝云："山如斧劈水雷鸣，千载龙门负盛名。独恨无边无量佛，尽无面目任纵横。"

夜间，伟侠至，闻余有龙门之游，喜甚，曰："余昨游龙门，因有友人余君为东道主，得盘桓一日，两岸古迹，已尽窥之矣。归后，有油诗四首，今以奉君！"余受而读之，诗云："伊阙晴光晓望开，白云隐映石楼台。莫言盈尺黄河鲤，也自龙门跃浪来（友人于禹王池蓄黄河鲤若干，用以飨客）。""石窟三龛尚可寻，宾阳洞口幻阴晴。出山泉水已多事，犹作轻烟扑客襟（宾阳洞南有飞泉悬流下注，风激泉鸣扑人襟袂）。""题壁唐碑字尚猷，庄严宝相历千秋。刹那生灭知何极，石佛而今亦白头（各洞佛像类多损身碎首，今人以石灰补塑，故佛多白头）。”“千秋元白并声名，一例彭殇痛死生。缅忆香山九老会，墓门低首不胜情（白香山墓）。”

余读竟曰：“君有东道主，所得自较余多，若余则饱腹而去，枵腹而归矣！”相与一笑。

十二月二十三日，星期二，晴

今日三次警报，第一次上午九时，第二次十二时，第三次一时半，每次仅敌机一架，均未投弹，此盖敌人扰乱人心，殊无意义。下午偕方公往游北邙山，并参观某局。

十二月二十六日，星期五，雪

昨宵雨后，继之以雪，今晨推窗外望，则已皑然盈尺，犹飘飞不已，气候严寒，冷侵骨发，院中菊花数盆，原已萎谢，经此摧折，益憔悴可怜。乃命茶役炽炭于盆，闭户取暖。午间，邀同寓唐君惜分、杨君济时，围炉轰饮。酒后，身体骤温，乃至旅馆门首眺望，行人殊稀，北方街道，原多灰土，至此则黑泥与白雪，悉随车轮马辙而纷飞矣。今日蛰居未出，偃卧而已。

十二月二十七日，星期六，阴

晨起，见雪已止，地上冰冻，天气阴霾，仍极寒冷。盥洗后，翻阅日历，忽忆今日为余生辰，流光如驶，忽忽已届五十之年，华发盈颠，牙齿疏落，垂垂老矣。余父母生余兄弟三人，余最少，十六岁，严父见背，在极艰苦中求学，民元以后，遂为东西南北之人。因自幼爱好新闻学，遂择业为新闻记者，自民二迄民十，任《汉口中西报》编辑七年，为上海世界书局、大东书局编撰小说二年，当时余仅取得著作权，而放弃版权，初不料行销如此其广，于是余侪之笔秃，而书贾之囊饱矣。民十一年至民十五，乃于汉口自创一扬子通讯社，时汉口通讯社虽多，但均仅供给本市新闻，余则京、津、沪、粤，皆日有专电，以是大为舆论界所重视。余因对新闻事业，始终感觉兴奋，故殚精竭虑，力求发展，且时方盛年，意气不可一世，不慑于权威，不诱于势利，凡所立言，一以觉悟迷蒙，针砭沉痼为主。岂知绳墨不便于曲木，明镜见憎于丑妇，因是大招鄂军政当局之嫉忌。会民国十四，上海“五卅”惨案发生，“六十一”汉口英租界亦发生同样惨案，于是鄂督萧耀南，谓此事为余所指使，竟以“就地正法”密令，令汉口警厅捕余，幸余临时得设法跳免，而同时捕获诸人，则皆死难焉。民十六以后，乃放弃新闻事业，从事政治生涯，在军委会总政治训练处秘书室可一年，参与皖省府民厅幕府约二年，出宰湖北应山一次，民十九复主办湖北《中山日报》，逾年，因汉口大水辞归。廿五年入国民大会代表选举总事务所，主持编纂事宜，直至首都沦陷，随会入川，迄今犹未能脱此鸡肋生活，此次出游，特客串而已。今老矣！百事无成，际此风雪满天，犹复羁迟异地，中原未复，有家难归，缅念及此，不觉百感交集，因往照相馆摄一影，约补天、惜分、济时并折柬招伟侠，同至洛阳饭店聚餐。伟侠知今日为余生辰，酒兴益豪，相与痛饮，直至垂暮，始踉跄归。归后，感慨未已，乃令茶役炽炭，就灯前成《五十漫述六章》云：

弹指光阴五十年，镜中华发已盆颠。英雄迟暮狂犹昔，肝胆镌磨老更坚。尽有河山供啸傲，会逢海国尽烽烟。一生牢落谁知己？留滞天涯万感牵。

当年意气太纵横，驰骋文坛愧有声。爱写缠绵成稗史，惯耽豪放傲公卿。丰神漫比安仁美，才调曾邀孝穆名。自笑聪明多误用，兰闺赚得泪盈盈。

劳人草草不胜情，世事荣枯转眼更。曾佐封疆参幕府，也从盾鼻檄雄兵。宰官偶现惭花县，榷使归来尚笔耕。无计消愁惟纵酒，酣酣常觉一身轻。

不堪旧事忆京尘，十里秦淮点缀新。选士亦曾随吏部，慰情还幸伴佳人。羽书蓦地传关塞，画角喧天动海滨。今日王侯谁宅第？降幡空自退萧晨。

奉檄仓皇忽入川，巴山来去北泉边。云横铁鸟星辰动，月照尘沙骨血鲜。离乱早乖黄鹄志，忧伤赖有细君怜。荒村一住经三载，回首家园意惘然。

扑面寒风凛冽天，雪花飞舞马蹄前。才从栈道穿秦岭，又逐征车到洛川。半世漫游真厌倦，满腔心愿化云烟。黄巾扫荡知何日？得赋归欤乐似仙。

按余归渝后，曾得大兄迪兹由湘寄来《题余五十初度摄影》五古一篇，今一并附录于此。诗云：

予季五十岁，我乃五十四。萧疏两鬓华，忽忽老将至。忆昔弱冠时，卓荦怀壮志。橐笔走天涯，先鞭着轻骑。文章惊四座，异军张一帜。交游天下士，慷慨薄名利。翩翩竞豪华，斗酒饮不醉。仰天呼呜呜，意气何横肆。岂期入中年，奔驰无所遂。四顾感苍茫，聊图一枝寄。入幕称上宾，参戎陪末议。偶现宰官身，曾为文法吏。乃与世枘凿，郁郁不得意。浩然归故乡，淡泊无求忮。岂期寇兵来，田园苦烽燧。仓皇溯汉江，远适避秦地。剩此忧患身，重为衣食累。蹙蹙驱四方，悲鸣如老骥。夜雨话巴山，巴山满秋思。霜风侵白发，白发穷途泪！迟暮感人生，苍黄伤世事。予季且衰颓，嗟我更憔悴。岁月付蹉跎，宁复闲情致。珍重且相期，怡怡揽归辔。

十二月二十八日，星期日，阴

侵晨，伟侠欣然至，曰："君大衍之庆，既已叨盛馔，岂能无诗以贺!"言次，出一锦笺，则为七言俳律一篇，余亟取读之：

斯文骨肉老逾亲，海内论交得几人？无药可医惟傲岸，倾觞辄醉见天真。波阔不让陈思阔，藜藿能甘原宪贫。偶托稗抄称蕴借，闲耽绘事亦通神。麟经早自宣尼绝，龙性宁因太守驯！降格待编游侠传，隳形误现宰官身。安仁去后花仍旧，江总归来鬓已新。廊庙雄才矜至计，金陵王气葬香尘。半生奔走名场倦，十载飘零客地频。臣朔饿乡邀共赏，君平卜肆远为邻。巴山夜雨还沾楚，剑阁秋风□入秦。形胜崤函犹壮险，流离士庶杂酸辛。黄梅松菊荒三径，赤壁烽烟阻片鳞。摇落寄情怜宋玉，芳馨谁采感灵均。星辉南极兵当洗，曲奏西门意暂申。万六大椿芽始茁，百年中寿数初匀。奇哀莫漫嗟今世，斗酒应须慰此辰。一语献君期互勉，心田常养四时春。

余读毕曰：“典丽堂皇，洵称佳构！不独可志此行泥爪，且多结一段文字因缘矣。”伟侠曰：“凡余所言，不虚不谀，盖纪实也。”时虽天阴，途中泥水已干，因与伟侠出东关，往游孔子入周问礼处，东关外街市极萧条，惟小食店特多，盖乡人入城返家，恒就此处小饮。街尽处，孔庙旁，有巨碑刻“孔子问礼处”，但亦仅此一碑而已，并无其他遗迹。徘徊之间，不觉索然，闻铜驼巷有老子故宅，相传为孔老二氏相晤处，亦因无遗址可寻，未往观。返城后，往夹马营访宋太祖诞生地，但见一片操场，杂茅屋无数，何处为艺祖诞生地，殊无人能指证，即觅一赵姓人亦不可得矣。夹马营附近，有迎恩寺，亦颓败，明末闯贼陷洛阳时，福藩避难寺中，为贼所获，骂其身为亲王，富甲天下，当此遍地饥荒，熟视无睹，先命鞭死，后复枭首，厥状至惨。余与伟侠语及此事时，伟侠口占一绝云：“完卵何堪燕幕翻，无皮那复有毛存。毁家纾难因须早，且向前车鉴福藩。”

十二月二十九日，星期一，晴

方公此行任务，尚有皖北一区，因交通不便，前曾电中枢请辞，今日得渝电邀准，同人闻此消息，以归期已近，皆大欢悦。下午偕惜分、济时往东车站茶社听河南坠子，茶社设备殊简陋：内设一台，台上左右坐歌女一排，轮流演唱，状似山东大鼓，歌女皆浓涂脂粉，两手与面部，黑白各异，使人见之失笑。其艺术亦皆平平，惟台主长髯翁自演一出《闹江州》较佳，茶役于每一曲终时，即持戏目至各茶桌，请客点戏，每点一出，定价伍元，其实无一人能照此定价，若为熟客，则数十元乃至百元不等，故歌女皆冀客点戏，盖点戏愈多，其收益愈大也。吾人初聆此，殊不感兴趣，但因其为本地风光，不能不有一番领略也。

十二月三十一日，星期三，晴

岁暮矣！民国三十年岁月，于焉告除。晚间方公特约同人至中州饭店团年，席间菜肴，以鱼味最佳。盖食黄河鲤鱼，太大，则肉已老，太小，则肉未丰；以重二斤至三斤者称上选，菜馆必预购若干尾，蓄养鱼池中，临食，由厨司提一二尾至席前，任客挑选，选定后，告以烹食若干味，厨司即于客前举鱼掷毙，然后再付鼎釜。是夕鱼一尾，约价五十元，竟得蒸、烧、炸、汤四品，佐以河南宝丰醇酒，同人因大酣醉，惟余饭后，忽感不适，归寓后，寒热并作，乃拥衾独卧，枕上听爆竹声声，顿觉有“为谁留滞在天涯”之感！

三十一年元旦，星期四，晴

今日天气晴丽，来寓贺年者甚多，余竟不能起床。闻城北之公共体育场有盛大集会，庆祝元旦，同人均往参观。余独偃卧逆旅，午间勉起，至门前小立，见各学校团体，整队赴会，国旗飘飘，状极忻悦，此种蓬勃气象，盖不独表示岁首之庆贺，且足显示中华民族之复兴焉。乃冒此寒风，寒热又作，始知此实疟症，下午方公以医至，服药后，夜间得汗，略愈。

一月四日，星期日，晴

方公已决定明日由洛赴鄂，余病经两日疗治，亦已痊愈。晨起，往市上略购途中需用物品，洛阳物价，不独较重庆为廉，视西安亦略贱。盖战时上海货物，多由安徽界首输入，分两路内运，一经漯河至洛阳，转西安成都，一经南阳至老河口，转巴东运渝，因运费繁重，故渝市物价独昂于他处也。午间××府李秘书长设宴为同人祖饯，余已能照常饮啖。下午忽由××府转来重庆电报一通，但所用密码，各处均不能译出，置之而已。（按此电为余友吴君所发，告余渝寓于二日夜被盗窃一空，余归渝始知之。）晚间得家书，惊悉余堂弟仲余，于十二月十三日在渝病逝，为之怆然甚久。仲余体素弱，十余年来，随范少阶先生由军而政，未尝一日离案牍，今兹溘逝，殆为积劳所致，余同堂兄弟七人，又弱一个矣。

一月五日，星期一，晴，风

黎旦，同人齐集农工银行，由该行假汽车一部，车身甚宽敞，行李座位，布置井然。十时首途，当局至该行欢送者甚众。余至洛阳，瞬已兼旬，因天气过冷，伟侠又远居城外，故游兴浸衰，以著名之白马寺，亦未往观，今别矣，对此雄都，诚不胜其眷恋。下午二时抵临汝，临汝有城门，而无城墙，街市并不繁盛，但每肆门首，皆有走廊，此又一格调也。吾侪下榻五洲旅社，此行车中又增一客，即皖北游击司令葛某，搭此车至南阳转皖。葛，老将军也，虽年逾五旬，而雄心勃勃，体溢善饮，亦好剧谈，因是吾人在此短短行程中，得识一为国宣勤之老将。

一月六日，星期二，晴，大风

晨在县府早餐后开车，北方公路不似南方，雨则泥深，晴则灰厚，沿途风极大，灰尘飞扬，不独堆积衣袂间，各人面部，亦似涂一层黄土。道过宝丰时，余以该地产名酒，因向酒肆购得名酿三巨罐，以备途中解渴，罐为当地土制，三耳一嘴，口巨颈狭，以绳贯之耳，提携甚便，一罐可盛三数斤，较玻瓶为佳也。下午二时抵叶县，军队学生咸至城外欢迎，乃方下车，忽闻警报，方公随县长赴县府，吾人则就城外一茅屋中暂避。少选，敌机已过，乃同至城内新生活俱乐部假寓，叶县亦无城，街市甚狭小，无一较大商店，所售尽毛巾、袜子、香烟而已，然有六安瓜片可购，亦足珍也。夜间××××军召宴，宴毕，至其俱乐部剧团观剧，演员多为儿童，唱做均佳，观毕返城，夜已深矣。

一月七日，星期三，晴，大风

早九时半起程，风仍大，灰重一如昨日，补天戴一飞机师帽，灰尘由顶迄身，积半寸许，竟似一泥塑罗汉像，望之使人发噱。十二时过方城，未停。下午二时抵南阳，××××军代表及专员鲍际唐均至车站迎迓，车经东门外入城，东门外原为南阳最繁盛之区，去岁曾失陷两日，街市尽被敌寇焚毁，今正从事兴修，但新屋不过十之三四，余则断壁颓垣而已，入城后，假寓新生活社。下午四时，同往乡间访××××军总司令孙公。孙年约四十许，躯干颀伟，态度肫挚，在抗战中迭建奇勋，所居房屋，多就地取材，由士兵建造，土墙茅盖，朴素整洁。晚间设宴为余侪洗尘，其幕僚均至，皆沉毅有勇气。宴毕，同至俱乐部观剧，其剧团组织较完备，艺术亦佳。观毕，方公宿司令部，同人皆乘车返城。

一月八日，星期四，晴

早餐后，偕伟侠往城内游览，城内街市，因经一度兵燹，今已无整齐市容。南阳商店，往往前后两重，各营一业，至前重购物者，常不知其后重另有一肆，此殆商场中一特色也。市上售白石器皿者甚多，盖南阳出产白矾石，匠人以之车制杯盘碗盏等类，其有色类翡翠，状如粗玉者，则制为茶壶、戒指、镇纸等什物，极精致可观，余与伟侠各购数事，以备应用。南阳又有一种特产，即木制圆箸，每副用钢钎烧红，刻卧龙岗全景，虽只只单独刻成，但一经排列，宛然如画，状甚精美，木质亦坚韧，同人因各购若干副，用赠亲友。

一月九日，星期五，阴

南阳尚有一种大宗出产，即南阳绸，行销极广，在昔系用野蚕丝制成，故质料粗硬，今已将蚕种改良，出品柔软而精细，惜因织机未能改制，尚不能织出花纹耳。余与济时各购衣料一二件，白色每尺七元余，灰蓝色每尺八元余，其质地虽不及川绸之精美，然价廉多矣。晚间，鲍际唐专员召余与伟侠至专署晚膳，盖际唐与伟侠为同乡，与余则皖中旧识也。席间菜肴，为鲍夫人督制，故极精腆。际唐年垂六十，壮健如中年，长于书法，精研各种碑帖，能以自书之字，钩制成碑形，苟非见其署款，几疑拓自魏碑者。席终，赠余与伟侠各一帧，弥足珍也。归寓后，知悉明日决启行，私念抵宛倏忽三日，方获小憩，又须远行，且明日至老河口后，汽车已无用处，再赴巴东，直须步行矣。徘徊灯下，不胜惆怅，适案上笔砚未收，因题诗一首于壁云："人生何事太匆匆，策马天涯类转蓬。伏枥早辜千里志，读书已负十年功。中原沦陷身垂老，万里河山战未终。画角声从寒月起，卧龙岗上拜英雄。"

一月十日，星期六，阴

当地主人知余侪今日离宛，晨间咸来欢送，十时首途，出城行五里，至卧龙岗，即诸葛武侯躬耕南阳处也。

驻车往游，岗不甚高，平地中突起一阜，状如覆盂，岗上有武侯祠，院落甚广，古柏参天，人言俱汉柏，确否不可知。祠内鬻碑帖者颇多，但俱赝鼎，无一可观。关于武侯隐居处，自来有二说：一即此地之卧龙岗，观武侯《出师表》“臣本布衣，躬耕南阳”语，则应在此处；一说在湖北襄阳，因襄阳县西二十里，有隆中山，山畔有武侯草庐古迹，传即刘先主三顾茅庐处。究未知孰是也。但无论其草庐何在，武侯之勋业彪炳，自足千秋，当其入蜀也，收新国，抚孱君，御寡民，当强敌，诚天下最艰难之会也。然武侯推心置腹而厚抚之，明刑敕法而急持之，虚己布公而总揽之，慎密小心而重图之，以尽瘁自明，以谨慎自处，忠心耿耿，无一日自私，其得享千秋庙食，固其宜矣！余游毕登车，不禁感慨系之，爰成律句一章云：“何论襄阳与宛城，卧龙祠庙自峥嵘。三分早定偏安局，两表如闻痛哭声。当日君臣真洒落，至今朝野颂忠贞。英雄自古多遗恨，八阵图前夕照明。”下午一时过邓县，未停，四时半抵老河口，始知近日常有警报，旅馆多歇业下乡，仓猝中，即在宝隆饭店暂宿。

一月十一日，星期日，阴

老河口在鄂省西北，属光化县，紧傍汉水，为汉水与其支流丹江航行之冲途，自此以上之水，俗称上河，仅通小舟，自此以下之水，俗称下河，可航巨舶，故货物转输，均以此为大小船舶之交替点，因之商贾络绎，市面繁盛，为汉水上流一大市镇。早餐后，入市游览，见有南北二长街，东西二横街，南街多列巨肆，街道亦宽阔，北街略狭而长，直抵东关为止。市外原有土城，今已倾圮，北街后有公园，有剧场，住户多散居此方。自汉口失陷后，商业逐渐萧条，现由此转运巴东入川者，以棉花、香烟为大宗。棉花为当地银行所收购，香烟则来自河南许昌，其他上海所出杂货，亦多由界首经南阳运此，分转各方，故各旅馆所住，尽是此辈商贾，因此地物价低，成本轻，获利辄倍蓰焉。吾侪所寓宝隆饭店，原为临时下榻处，今日下午，特与伟侠迁至东关群英旅社假寓，屋虽逼仄，但得与伟侠联床共话，亦殊愉快。

一月十二日，星期一，晴

昧旦忽发警报，老河口无防空洞，余与伟侠步行出东关，即在郊外麦地土阱中暂避，旋见敌机一架，盘旋两周后逸去，亦未投弹，十一时半解除。归寓后，得晤旧友徐君会之、韩君新之，盖会之方在此任×××长官部政治部主任，新之则为其秘监也。一时，随方公赴某部王参谋长之宴，席间得饮河南邓县所酿之白兰地酒，其味虽不及战前烟台张裕记白兰地，然较白干醇多矣。夜至湖北省银行晚膳。

一月十四日，星期三，晴

今晨又有警报，同人皆避至吴家营会之寓庐。是处距城约五里，面临汉水，茅屋数家，自成小村落。旧友艾君毓英，亦寓是处卢家营，闻余至，特来畅谈，十二时警报解除，乃邀往午膳，夜宿其家。

一月十五日，星期四，晴

早晨由卢家营至会之家，则方公偕同人均至，始知又在警报中。同乡诸友，争持纸笔请方公书写楹联，维时敌机在天，高射炮隆隆作吼，方公犹手挥不辍，此实重庆空袭时所不经见事也。午间，会之特备盛馔，招待同人。一时岸帻褫带，环坐满引，赋诗谈道，间以谑剧，盖备极谈宴之乐事焉。下午入市，偕济时往澡堂沐浴，其污浊肮脏，为沿途所罕见，浴后不敢久坐，匆匆即归。

一月十六日，星期五，晴

吾侪在老河口，原定留一星期，因连日警报频繁，所事时有停顿，今日方公召集同人会商，决定本月十九日起程回渝，但由老河口至巴东，所经全系山岳地带，沿途小路，只有滑杆可行，约需九日始能到达，且滑杆须在此间雇定。今日特召轿行至，与议定伕额及力资，历时甚久始定。下午天阴，气候冱寒，余与伟侠皆不敢出门，适门首有货牛肉者，甚肥美，乃选购一方，命茶役炽炭于盆，即就盆火以冻豆腐合烹牛肉，佐以菜馆中之鱼圆。夜间与伟侠、济时围炉共饮，借以祛寒。鱼圆，本吾乡之家常菜，但自入川后，未尝此味者四年矣，今日食此，弥觉有鲈鱼莼菜之思焉。寝后，枕上成诗一绝云："荆襄险要自天成，汉水滔滔刁斗鸣。醉罢浑忘身是客，鸡声喔喔送残更。"

一月十七日，星期六，阴

今日伟侠、济时，将有事于谷城，以谷城县长毕君成俊，为余同乡旧友，嬲余同行，诺之。晨七时，由老河口雇定人力车，出东关，至渡口渡河，其时河水浅涸，河面不过十余丈耳。抵岸，经一沙滩，又须渡河，过河，有大沙洲，名"望夫洲"，遍地芭茅，杂以小树，三五人家，绝□岛居。洲尽处，复两渡小河，河身更窄，但从未架桥，洵为异事。四次渡毕，始登公路，路面平坦，车行极佳，谷城距老河口，为程四十里，午前十一时即至。县城为石砖建成，状甚坚固，经南门外大街，似为闹市，而货肉者独多，余顾伟侠曰："渝人肉食，常感缺乏，倘使见此，能不垂涎三尺耶?"相与一笑。入南门，直趋县府，毕君闻讯出迎，多年阔别，异地乍逢，其乐弥甚。是日天气极寒，下车后，手足都僵，毕君乃为炽炭，围炉取煖。伟侠、济时事毕后，即同至南门外长河旅馆寄宿，此旅馆之陈设衾枕，皆整洁完备，竟为老河口各旅馆所不及。

一月十八日，星期日，阴

早起，由县党部书记长袁君教之导入城内巡视。街道尚称清洁，惟不及城外繁盛，城东北尤荒凉。县府后有东汉大将军延岑墓，残碑字迹，犹仿佛可辨。巡视毕，至袁君家早餐。毕君亦至，饭后，仍乘昨雇原车，遄返河口。因思明日即须起程，闻途中购买食物，极感艰难，特与伟侠略购腊肉酱菜若干，以备途中不时之需，并沽酒两罐，用解馋吻焉。

一月十九日，星期一，阴，微雪

黎明，滑竿脚伕均至，送行者亦麇集旅馆，同人均乘滑竿，行李公文箱，则付脚伕肩运。方公与伟侠体素溢，轿夫皆谢不肯抬，因此支配力作，煞费周章，结果此两乘滑竿，各配三人，始无异议。九时首途，出东关渡河，友人皆送至望夫洲始别。此行有两事使人不愉：一、徐君会之，原拟同行赴渝开会，因此途为彼常经之路，满意有此向导，可获畅游，乃濒行时，其夫人病甚，致不果行；二、为周君补天至老河口后，忽患感冒甚剧，服药不效，今日带病登程，同人咸为虑念，不幸今日又酷寒，途中时雨微雪，同人屈曲滑竿中，殆类冻雀。行七十里，至石花街，此为老河口南下第一站，虽属乡镇，但街市住户，甚为稠密，吾人寻至聚乐饭店寄寓，设备简陋，仅堪容膝而已。

一月二十日，星期二，阴

由石花街至兴山，全是小路，沿途运输，均赖人力。抗战后，因军运关系，由某部于沿途设联运站，每三十里一站，皆有电话可通，每至一站，伕役替换一次。故一伕每日往返只行六十里，服务半月，遣使归家，另以他人瓜代，既可节其劳力，又不至于疲惫，诚良法也。吾侪离老河口时，某部已电知石花街联运站，派定伕役，故吾人在老河口所雇脚伕，均于今晨开发归去，滑竿因系长雇，仍继续使用。早餐后启行，所经多为小山，行三十里，至干柴垭，此处联运站伕役，已持具以待交替。午饭后，再行三十里，三时半抵垭子口，是处仅有居民十余家，街后有瓦房颇大，询知为同兴栈，同人即至该栈寄宿。其实此栈亦仅存其名耳，因昔此间多匪，栈主已挈家远去，此间只一老苍头看管房屋。客至，自爨自膳，彼略取房租，以资生活而已。

一月二十一日，星期三，晴

今日天已放晴，早八时，由垭子口登程，行十二里，至紫金洞，小憩，再行二十里，至财神庙，乃一小市镇，位于山巅，镇公所在焉。凡有镇公所处，联运站即由镇公所兼办，吾侪在此替换役伕后，续行，登一山，名姜家坡，颇为高峻，下山，沿小河行十八里，至玛瑙观，此为两河夹流之地，风景颇佳。镇长陈某，迎至伊家寄宿，陈年五十许，似是小康之家，屋宇颇宽敞，前面街市，后临小河，吾侪寓临河一室，殆为离鄺来第一舒适居所。晚餐时，余与伟侠尽情酣饮，饭后，相与步出街市，至小河桥上，席地而坐。此河两岸，俱是高山，维时新月一钩，悬挂山顶，下映河水，闪闪发光，山上松林，被此月光，青葱如涂靛花，伟侠曰："此间大有诗意，盍联句以志此景?"余曰："善!"伟侠乃先吟云："万斛征尘憩此间（伟），小桥流水听潺潺（轮）。几家茅屋霜如雪（轮），喝起西峰月一弯（伟）。"其二云："百二关河一望收（伟），挥戈跃马誓歼仇（伟）。夜凉如水豪情在（轮），斗酒能消万里愁（轮）。”两人坐到月没山背，始归。屋主人谓山有虎患，夜行滋险，然我两人竟安然而归。寝后，余于枕上复得绝句赠伟侠，云：“半壁云山青似黛，一弯新月细如眉。与君踏月循溪去，不为偷闲为觅诗。”

一月二十二日，星期四，晴

朝发玛瑙观，出街口，两山屹立，中夹小河，流水萦迴，大有画意。吾侪初循右岸山麓行，旋渡桥，转至左岸，行二十里，至开峰谷，为一市镇，位于河流湾曲处。居民颇多，询之，多由保康县城避空袭迁居于此者，此河即谷城县之南河，水涨时，可通舟楫，若水满，由开峰谷至谷城，四小时可达。此时水浅，帆樯殊稀。午饭后续行，约四十里，抵保康县，保康无城，县治建于河滨山嘴上，状甚荒僻。吾侪到时，县长刘君沛然、县党部书记长黄君一鸣，均至城外迎候，导至迎宾旅馆寄宿。城内街市萧条，居民不多，闻一二年前，肉肆每屠一猪，必先鸣锣通知市民，入肆登记，俟供求相抵时，始行奏刀，盖不如是，则屠肆货肉，常历数日不能罄，其户口之稀少，可以想见。今年米谷尤缺乏，居民多以包谷充饥，贫瘠之状，殆为鄂北各县冠。

一月二十三日，星期五，阴

早八时，由保康启行，出城，即在河中行走，盖河水已涸，仅余沙碛，行之良便。约二十里，至朱家厂，为一大村落，位于河边道旁，其以厂名者，以造土纸厂甚多也。吾侪就一保长家造膳，膳后换伕。自此处始，伕役不以肩担，而以背负，每人能负箱笼三四件，高出头顶二三尺，不以为累，若令使用担挑，任重反不及背负甚远，盖习惯使然也。此去道路，不及来途中平坦，多沿河铺石阶，时而升至山腰，时而降至山麓，石级极窄，行之殊险。有一次吾人行至山半，一伕所负公文箱，因束缚未牢，触一崖石，忽坠于山下，幸为一群树根挂住，否则落水矣，经营半日，始复成行。两岸山势嵯峨，翠竹尤茂，此时虽在隆冬，犹苍翠欲滴。下午三时，抵后坪，假寓联运站。此处多虎，居民饲养牲畜，常为所噬，夜间果闻虎啸，其声隆隆然。自垭子口至此，三日来均系傍河而行，时左时右，河水皆不深，河中满布鹅石。闻前行此途，常须涉水，近年××××××部于河流建便桥甚多，其法用巨篓盛鹅石为桥墩，编树为桥面，建造甚易，而行之极便。此诚可谓速成桥也。河之南岸，村民常利用水力，安置水碓，舂竹成糊，制造土纸，行销外邑，大抵川东所用草纸钱纸，即此间出品也。

一月二十四日，星期六，晴

早旦发后坪，行三里，登山。此即鄂北最高之景山，仰观山脊，白雪皓然，吾侪蜿蜒而上，穿林越涧，至感艰难，有一山隘，下临千仞深涧，路为山石砌成，狭仄仅可容二人并行，据云修造此路时，工人皆悬绳上工作，稍一不慎，即成齑粉。过此险隘，寻登山巅，巅名大石脑，由山趺至此，盖十五里矣。山中妇女咸集此处售稀粥豆腐，供行人疗饥。自此踏山脊行，天无纤翳，万里在目，俯瞰群峰，皆培塿焉。行二里，复下山，山民恒伐树干，就地交支成棚，使生木耳，又埋树土中，使长香菇，闻出品甚佳，惜无购处。行十五里，至山麓，有小镇，名羊五垭，即在此午膳。鄂北因多山，产稻甚少，沿途所见，居民皆以包谷为唯一食粮，或煮或羹，或烤为饼，脚伕每人必怀饼一二枚，休憩时，出而食之。惟历来即缺食盐，人多淡食，尝亲见一老妪，为吾人煮面，其盛盐之碗，已经水涤入面，犹贪其咸味，不忍遽洗，其苦可知；故途中所见妇女，凡逾二十岁者，项下多生气疱，往往颈粗于头，询其故，皆谓为淡食所致，可见食盐关系人类健康甚巨。余因向方公建议，请其吁请鄂当局，于此一带多置食盐供应站，俾居民得减其淡食之苦，则造福不浅矣。由羊五垭行廿五里，至歇马河，市镇颇大，黄君一鸣，即家于是，开设大有庆布肆，其尊翁已得黄君禀知，故迎吾人至其家，款以盛馔。夜宿关帝庙中心小学，此虽乡镇小学，但设备及课程，均甚完善。是处山中产一种异草，名金钗草，谓能起死回生，方公曾觅购数茎，视之，但较寻常稻草为细，略具光泽而已。

一月二十五日，星期日，阴

昧爽由歇马河首途，行半里，登山，自此又循山脊而行，但不若大石脑之嶷峻，行十余里，即入公路，此公路为鄂省府所修，直达房县，虽不能行驶汽车，然驰马行轿，绰然有余。自石花街至此，沿途俱系小路，闻昔行此道，甚感困难，自××××××部驻老河口后，即命兵士重新修筑，遇水建桥，逢险加宽，行人至感利便，今已成为交通要道矣。途中商人络绎不绝，担货者尤多，昨经景山时，见有运伕百余人，挑运棉花登山，远处望之，连缀如百足虫，甚有意致。吾侪循公路行三十里，至官斗坪，午膳，再行三十里，下午四时抵板庙，宿两广饭店。店主为广东人，由军队退伍，营此旅业，夥友皆广西人，能制广东腊味，甚可口，惟床榻仅铺秫稭，盖简陋极矣。

一月二十六日，星期一，晴

晨七时发板庙，行十五里，至榛子岭，再行二十五里，至大水坑。换伕，用膳，膳毕续行三十五里，至教场坝，已曛暮矣。今日所行，仍是山脊公路，因晴天无风，甚觉和暖。教场坝乃小市场，仅有住户十余家，吾人假一杂货店寄宿，店主为一中年妇人，伺应甚为周至。由保康至此，因省府禁酿，辄无酒饮，余所携酒为脚伕偷饮已罄，乃向女主人觅沽，主人以事关禁令，不敢承，嗣见吾侪需之急，始慎重发其新醅，曰：“此为头曲包谷酒，乃余家备以自饮者，今请让少许！”余与伟侠共尽一觔，其味殊不恶。夜间，同人就其楼板借草而眠。自老河口迄此，凡谷城保康境内，妇女多半裹脚，至兴山境，则天足渐多，惟有一最惨景象，即途中小贸妇女多患恶性梅毒，甚有鼻陷目盲，疮痂满面者，据闻此皆军队及脚伕所赐予，因山中无医药治疗，遂致毒发溃烂，莫可救止，见之辄为怃然。

一月二十七日，星期二，晴

凌晨未食，即自教场坝首途，行十五里，至界牌垭，早膳。是处为一市镇，区公所在焉。区长童君掬一，迎至区公所小憩，出小册，乞余等题字。其人年事尚轻，敏而好学，将来成就，必有可观。此行途中，凡有区镇公所者，其区镇长，皆常驻所办公，其负责精神，似较川省为佳。由界牌垭前行二十里，至凉风垭，自此即系下山之路，约二十五里，抵兴山县城，县长王君亮旃、军警稽查处长周君上播，皆迎至城外，入城后，假寓县党部。吾侪自十九日发老河口，至此已行九日，陆行程途，于兹结束，盖明日即须换舟出香溪口也。晚间，各团体就县党部公宴，驻××溪×××××军总司令周公，复以电话约方公明日至该处一谈，方公力辞不获，然该处为舟行必经之地，势不能不小有周旋也。寝后，回思九日来途中经历情

环城皆山的兴山县

兴山县街道

境，颇有感触，因成绝句二章云：“荒村野店无常处，雪满山头月满鞍。但有浊醪堪慰我，微官懒作一钱看。”其二云：“纷纷落叶扫红尘，久役平添白发新。一路溪山行不尽，几时才作太平人。”

一月二十八日，星期三，晴

早起，往城内游览，兴山城不甚大，因其前临河，后傍山，故街市建筑，恒多曲折，市面不甚繁荣，无一巨肆，据闻往昔更为荒凉，抗战后，由他处迁来者日众，居民始渐繁，今则屋宇皆有人满之患矣。晨餐后，正拟启行，忽发警报，未几解除，乃出城登舟，周君上璠，因兼任××××××军总司令部参谋，故同舟出发。此河名香溪，上属兴山，下属秭归，汉明妃即生于河之下游，因其被选入宫时，曾就河水盥手，自是水生异香，故名香溪。今水不香，然清澈可以见底。行二十里，至××溪，总司令周公亲至河干欢迎，登岸后，至其招待所休息，招待所乃士兵所建，筑土为墙，铺茅作顶，甚整洁可观。周公在此力倡士兵生产，故垦荒地甚广，自种菜蔬，并饲养猪羊鸡鸭，凡士兵所食菜蔬，无须外购，且常有猪羊肉以供牙祭，此真可谓自食其力者矣。晚间，周公设宴以款同人，菜肴大半为总部生产品。餐后，观其俱乐部演剧，技术尚佳。剧终，回招待所宿。

一月二十九日，星期四，阴

黎旦，由××溪登舟，顺流而下，途中遇一船，在溪中获鲤鱼二尾，各重三四觔，吾人出资购得，就舟中烹食，味甚鲜美。余与伟侠且饮且浏览两岸风景，不觉心旷神怡，绝世间虑。下午三时，抵香溪口，此即香溪入江处。某分监部包君振楣，迎方公及同人至其寓庐下榻，晚间复馈以盛馔，席间得识某军副军长柳君际明，知其于作战时破坏交通最有研究，饭后复聆听其作战经验，至夜深始寝。此处适在山上，夜间寒风陡起，呼呼作声，枕上闻之，颇有鹤唳猿啼之致，乃口占绝句云："明妃故里香溪口，一叶扁舟系晚村。莫笑此身羁旅惯，猿啼月落也消魂。"

一月三十日，星期五，阴

早餐后下山，行一里许，至香溪口街市，是处两岸居民辐辏，惟街市极逼仄，且依山建筑，高低不平，今日有差轮“民康”停泊对岸，吾人乘分监部小轮，渡至船上，于下午一时启碇，四时抵巴东。川江船只，例不夜行，遂停宿巴东，吾人登岸入市，见街道甚长，房屋栉比，较战前繁荣多矣。旋入酒庐就食，暮始归船。

一月三十一日，星期六，晴

天明，由巴东西驶，过楠木园，即入巫峡，两岸山峰崱屴，江流迂回，每行一程，辄见迎面高峰壁立，几疑路尽，然一湾转，前峰已在舟后，又是一景矣。经巫山十二峰时，见猿猴穿越石崖中，有一处，一老猿独坐洞口，大似老僧入定，因思太白“两岸猿声啼不住，轻舟已过万重山”句，真是写实之作。余廿七年入川经此，今已四年，江山无恙，而余已老矣。下午一时抵夔府，夔府江边有盐井，此时水涸，土人就沙滩筑灶煮盐，茅棚累累，望之如市。停泊后，船主通告今日宿此，吾人乃登岸入城。城内街道成丁字形，因过去迭遭轰炸，已不若昔日繁盛，市上所见，尚有不少黑籍中人，吾人入一茶肆品茗，辄有十余龄童子，来为娼家兜客，可见此间娼妓之多也。寻入一江苏菜馆用餐，菜尚不恶，且有泸州大曲可饮。餐后，返船，遥望赤甲山头白帝城，峙立于斜阳夕照中，使人缅怀刘先主弥留托孤时情景，为之慨叹系之，因口占绝句一章云："赤甲山头白帝城，江流瀰瀰送涛声。可怜割据三分地，只剩枫林夕照明。"

二月一日，星期日，晴

晨曦微动，船即开驶，经云阳时，见桓侯庙峙立江干，碧瓦雕甍，甚为壮观。下午二时抵万县，警察分局长邹君海清登轮迎迓。民康轮到此止航，吾人须由万换轮上驶，当将行李取至驳船，起岸至二马路鄂西招待所休息，旋由邹君邀至菜馆晚膳。万县虽频遭轰炸，而市面繁盛如故，三四层高楼，与断垣残堵并列，乃成奇观。夜间与船舶管理处接洽，知明日有协庆轮上驶，遂决定明晨登轮。市内旅馆，皆告客满，方公赴市外友人家宿，余与伟侠则寓鄂西招待所。余廿七年过此时，尚见烟馆林立，公开售吸，今已无此雅室，亦一佳象也。

二月二日，星期一，阴

晨登协庆轮，亦一差船也。九时半启椗，沿途细雨蒙蒙，已入雾境。年来因轮船缺乏，运输多赖大船，江上帆樯往来，殆如织梭。水鸭成群，浮泛水面，若在吾乡，则早已猎作食品矣。抵忠州时，天已垂暮，遂停泊忠州，同人皆未登岸。

二月三日，星期二，阴

黎明，船发忠州。船上经理高君人俊，为青岛海军学校毕业学生，青年沉毅，雅善谈论，娴驾驶，擅泅水，与吾人谈及海上生活，甚有兴趣。十二时过酆都，俗谓酆都北门外为鬼世界，十殿阎罗，皆设署于是，其实酆城面江背水，屋瓦鳞比，北门外不过山地荒僻耳，若谓人死皆集于此，真无稽之谈。下午四时抵涪陵，寄椗。

二月四日，星期三，阴

早由涪陵起椗，涪陵面临江滨，遥望人烟稠密，似甚热闹，盖此地不独可通长江，且有小河经彭水以达湖南，故质物皆由此转运。十一时，过长寿，此为重庆下游第一门户，亦甚繁荣。下午三时，抵重庆，吾侪旅程，至是终结。计自去年十月十四日由渝首途，水陆绕一巨环，历时四月，为程万里，沿途军政长官殷勤协助，使旅程获得不少便利，于此应深致其感谢之忱。

忆中原

洛　阳

中原沦陷了！大好锦绣河山，就这样凄怆地断送了！我曾访问过那里古迹，我曾徘徊过那里田畴，曾接触过那诚朴人民，曾驰骋过那平坦大道，而今却被硝烟洗拭，蒙上了腥膻气味，回想起来，真有“一望觚棱一断魂”之叹！

我是三十年冬天，由西安乘火车到东泉店。由东泉店换乘汽车，循河边公路，冒敌人炮火，到达灵宝，由灵宝再搭火车，在漫长夜里，躺在破旧车厢中，车身像喝醉了酒，东摇西摆，蹒跚而疲惫地把我们带到洛阳西车站。那时温暖的晨曦，照着西工树林，风景如画，气象煦然，我们这一群旅人，便被那欢欣鼓舞的人们，拥进了中原雄都。

洛阳，即周之洛邑，东汉旧都，东枕嵩山，南临伊洛，西控崤阪，北带黄河，四塞险固，形势雄伟，从来就是易守而难攻的地方。这次敌人由龙门攻进，不过两旬工夫，竟把这著名都会抢了去，炀灶蔽明，偾帅怯敌，真教快马健儿，平添了无限悲恨！洛阳街道，还保存着旧时代面貌，房屋多是旧式建筑，东西街略长，南北略短，城北荒凉尤甚，在这荒凉地区，有一个公共体育场，这次陷落时，我军曾在公共体育场和敌人肉搏了一天，这里流了不少中华健儿的血，也取得了顽寇的相当代价。由此朝东北角去，茶馆林立，管弦不断，著名的河南坠子，都在这里出演，粉白黛绿，燕语莺歌，别有北方风味。她们最欢迎顾客点戏，因为点戏，才有例外收入，那些可怜的女子，便由这点戏为媒介，而出卖了她们肉体。不过北方女子，好浓涂脂粉，而两手依然黝黑，演唱时候，手脸黑白各异，乍看起来，好像她的两手，是她身上另外装配的机械，使人往往失笑。我们到洛阳时，城里曾遭过多次轰炸，断瓦颓垣，盈望皆是，东华街的府署，昔颇壮丽，“一·二八”沪战发生时，故林主席常驻跸于此，今则全毁于火，略无寸堵，只有门首一对石狮，凄然偃卧在瓦砾堆中，供行人凭吊而已！洛阳酒馆子特多，菜肴都相当好，其房屋愈古旧，肴馔愈驰名，只要你吃了他一席酒，他必另外奉你一样敬菜，这种敬菜，决是他拿手的口味，而且不另外加钱，这样作风，别处殊少看见。尤其黄河鲤鱼家家弄得好，这种鲤鱼，大小都只二三斤，太大，肉老了，太小，肉未丰，他们必预选若干尾蓄养池中，临吃时候，由厨夫提一二尾至席前，任客挑选，选定后，即于客前举鱼掷毙，以明其不会掉包，每鱼一尾，可烹几样味。鲜美无匹，这叫“弹铗归来食无鱼”的重庆，万万想不到的。

有许多人都知道洛阳曾诞生了一位皇帝——宋太祖赵匡胤，他是生在东门内夹马营，当时龙居，已无遗迹可寻，但有茅屋无数，排列在一片广场边缘，一队队士兵，便在这广场上操练，不独没一个人能指出艺祖诞生地，连一个姓赵的人也找不着了。夹马营附近，有一个迎恩寺，已经颓败不堪了，明末闯贼陷洛阳，福藩避难寺中，被闯贼捉获了，把他吊在殿上，骂他身为亲王，富甲天下，当此遍地饥荒，熟视无睹，竟用鞭子活活鞭死，并割下首级，悬之庙门，当我们游观至此，不禁替现在为富不仁的显贵阶级打了一个寒噤！

西　　工

西工是洛阳政治区域，离城约五里许，有马路可通，道旁夹植槐树，蔚然成阴，人行其中，幽闲静穆，萧然有出尘之致。马路尽处，槐树更多，差不多成为一座小小森林，地下遍植冬青，间为方圆不等的花圃。就在这花木葱茏中，呈现着许多房屋，它既不是雄伟的宫殿式，也不是高大的立体式，只是一列一列的西式平房，这便是河南省政府和某战区司令长官部所在地。谁都料不到河南的军令政令，都是在这一堆房子里发出的，而且它不独是现在声威烜赫的所在，在从前它也曾披上锦绣衣裳，那就是吴子玉将军任巡阅使时代，设使署于此。那年吴氏五十寿辰，各省显要均来此祝寿，车马喧阗，旌旗载道，西工俨然成了中国政治重心，但是不久，这辉煌光焰也就成为历史陈迹了。英雄蝉蜕，世事沧桑，任凭你有多大本领，总是挽不住时代洪流啊！记得我那次游西工时候，想起吴子玉那一卷《英雄记》，很觉有点感慨，在归途曾诌了一首诗道：

紫陌铜驼画角哀，中原王气尽成灰。鹰扬虎踞如尘去（吴子玉五十寿辰康南海赠寿联有“天下鹰扬，洛阳虎踞”等语），豕突狼奔动地来。百战河山伤废垒，孤城车马几雄才。元戎幸有平倭计，风卷残云夺险回。

这一首诗，一面是写吴子玉，一面是写那次郑州失而复得，不料现在都成了谶语，但愿克复整个中原，也像克复郑州那样快才好。

西工后面，便是飞机场，我们没有去看过，据说那个飞机场并不太大，大概作交通用，绰有余裕，作军事用，便不很够，但是敌人每次空袭洛阳，总要在那里投下几个炸弹，好像这是空袭中必要的点缀。西工附近，没有高山，连最低的丘陵也没有，这样毫无掩蔽的地方，听说这次敌人进攻时，我军竟在那里拼了五六天之久，这不能不说是一个奇迹！

关　林

关林就是关壮缪公陵寝，在洛阳南十余里地方，它也是中州名胜之一。到关林，要出洛阳南门，经过天津桥，这桥是隋炀帝建造的，相传宋邵康节先生，尝在这桥上听到杜鹃啼声，便感叹地说："地气南来，不出十年，南人必有入相者，从此天下多事矣！"后来王安石入相，就说是这话的应验，到现在，桥头上还有一座亭子，算是洛人纪念这位"未卜先知"的邵先生而建筑的。过桥，便是公路，非常平坦，路上除汽车外，有骡车牛车，有骡牛并驾的车，它拖曳的多半是老百姓所献军粮，在滚滚黄尘里，气吁吁，汗淋淋，疲乏地往来爬着，在战时，这些牲畜，也算做到"有力出力"的地步了。关林的大门，靠近一条小街，进门去，只见古柏参天，蔚成巨林，不曰"关陵"而曰"关林"，大概就是因这苍翠柏林的原故。林正中有一条白石砌成的路，被绿叶像天幕似的荫蔽着，静寂地毫无声息，行经这路上，真有点气象萧森之感！路处尽①，有正殿三进，第一殿塑关公龙袍像，第二殿塑关公武装像，都神武威赫，第三殿塑关公三像，中龛端坐，左龛观书，右龛睡像，庄严肃穆，栩栩如生。这次敌人攻下龙门，贪婪地伸头窥探关林时，倘壮缪公英灵有知，一定要擎起他的大刀，大喝一声："贼寇滚去！"殿后，有冢如丘阜，便是关公瘗首处，一代英雄，便在这幽寂而恬静的环境中长眠一千多年了！冢前有石牌坊一座，横额上刻"英雄千古"四字，两旁镌刻联对甚多，惟正中一联云："三分疆域此抔土，万古纲常第一人。"最是佳构。现在被铁蹄践踏了，这青葱的树林，被腥风血雨涂上了奇耻大辱，教这"万古纲常第一人"如何安于地下？

龙　　门

凡到洛阳的人，必要一游龙门。龙门即伊阙，在洛阳县南，离城约三十里，据说这是从前大禹开辟以通水道

---

① 处尽，疑应为"尽处"。

的，两山对峙，望之如阙，伊水流贯其间，向北直驶，故谓之伊阙。山谷相连，阻扼可恃，汉灵帝时，置八关都尉，以备黄巾，伊阙就是其中一个。今年中原会战，报载敌人进攻龙门，我以为国军若能扼险抗拒，敌人一定不容易进来。那料不出几天，竟让贼寇狼奔豕突而入，龙门既陷，洛阳已无险可守，自然要长驱直入，从此遂“长教钲鼓恨黄巾”了！我到龙门，是在一个冬季晴天，碧绿的天幕，罩住这如斧劈的山头，两山中间，筑了一道长桥，跨通伊水，连缀着南行公路。桥东名“香山寺”，唐朝诗人白香山墓道在此，但如今并无寺院，只有几栋新式楼房。民国二十五年，蒋委员长五十寿辰，便在这楼上祝嘏。桥西才是龙门，远远望去，石洞累累，密如蜂巢，北口有一个石楼台，台下即禹王池，水清而温，有时喷出泡沫，像是虾蟆吐水，所以又叫“虾蟆嘴”。由这里前去，大大小小，都是石洞，洞内洞外，刻着无数佛像，有坐的，有站的，有全身的，有半身的，其式不一，大小各异，但这些石佛，不知犯了什么罪，都被人把它的头面凿去，所以弄得衣冠楚楚，却无面目见人了。石洞最大的名“宾阳洞”，即唐代著名的“龙门三龛”。顶上穹隆如覆釜，高皆数丈，各就山石凿成大石佛一尊，庄严雄浑，四壁各镌无数小佛，排列得一无隙地，因为唐代习俗，凡祈祷获应的人，都要凿一佛像致敬，故像下各有姓名，留垂永久。龛顶有碑志若干，那便是天下珍贵的龙门二十品，但因拓印太多，已经漶漫没有字迹了。洞前有一道小飞泉，悬流下注，风激泉鸣，扑人衣袂，在寂寥的空山中，只算有这一点声息。过宾阳洞前行，为奉先寺，当地人呼作九间房，依山凿成门字形广场，宽阔约有三亩。正中用整石凿成大卢舍那像，高约十丈，单是它那手掌，足可容一个人睡觉。左右凿四大金刚，也都有八丈多高，它的小腿，我们最长手臂也合抱不了，俗传能抱一抱这只腿，便可生子，因此，它的小腿便被人围抱得光滑无比。龙门造像，要以此处为最伟大，因它们躯干过高，没有人能爬上去，所以面目也还保存完整。据碑碣所载，这是唐代宗大历十年造，唐代艺术的崇高，真够惊人啊！但这里只有天幕，并无殿阁，那五位大菩萨，便在风雨侵蚀中度过一千多年漫长的岁月了。龙门这些石洞，可算得天然机关枪阵地，只要把桥梁炸断，隔着深深的伊水，严密防守，敌人纵顽强猖獗，也不容易飞渡过来，不知这次失陷，何以这样快？

临　汝

临汝是洛阳到南阳公路上一个大县，距洛阳二百余里，由洛阳到此，都是平坦大道，广大无垠的土地，种着碧油油的麦子，没有山，没有林，只有诚朴而辛勤的农民，静寂寂地在麦地里工作，他们看不到残酷的战争，也无心欣赏这风驰电掣的交通工具，他们只想在风调雨顺之下，麦子能够丰收，什么愿望都满足了。我们在那公路上，还看见旧时代“亲迎”的车子，新嫁娘穿着红色花衫，披着绣花披肩，戴上璎珞纷垂的凤冠，羞答答地坐在毫无帷幕的牛车上，新郎穿着蓝布长袍，坐在车前，扬起鞭子，驾御着那匹牯牛，两人无言无语，悄悄地，缓缓地，向她那新的家庭进发，他们虽不似昔时的鹿车共挽，却道地是牛车共驾而归的，这在今日南方，却是少见。

临汝只有城门，却无城墙，街市并不繁盛，但是每家店铺门前，都有一道走廊，构成特别格调，市民都安安静静地做生意，很少谈及战事，只有敌人轰炸，还间或挂在他们唇边。那里离宝丰不远，出售著名的宝丰酒，我们一群老饕，曾在那里大饱馋吻。他们卖酒，不用瓶子，而用瓦罐，罐制三耳一嘴，口巨颈狭，以绳贯耳，提携甚便，酒味醇香适口，虽不及陕西凤酒，却和四川大曲差不多。临汝县政府，相当广大，但他们都挤在一边小房子里办公，那宽敞的花园和满嵌着名人碑刻，都给敌寇的炸弹化为灰烬了！那时四境平静，他们行政权，还是活跃地进行着。今年五月初间，敌人驱着战神，由郏县攻来，竟在一夕之间，把临汝占了去，用作进攻洛阳根据地，麦秀黍离，怎不教人悲戚呵！

叶　县

叶县那时是河南军事重镇，它东通沙河，南接南阳，北连临汝，我曾在那里度过一个热闹而欢悦的冬宵，那种歌舞升平的景象，到如今还记忆得十分清楚。我们从临汝到此，要经过辽远的公路，路上灰土盈尺，又恰值刮风天气，把这深积的尘土，像长蛇似的卷到空中，顿使天日昏黄，莫辨南北，若不是汽车在驰骋着，几乎要把我们埋葬在这十丈软红之中。北方公路，雨则泥泞，晴则灰重，这真是无可逃避的缺憾！我到叶县时候，适逢警报，那里自然谈不到什么防空洞，尤其我们初临的客人，更不知要向那里躲避，只有在城外麦地土坑里蹲着，到也心安气静毫无恐怖了。那个县城，萧条得可怜，当然没有城垣，只西北角上有一座穹形碉楼，就算代表了城门，借以分别内外，城内只有一条短短的街道，陈列着袜子、毛巾、香烟、茶叶等类货品，这些货品，大半是由界首流到漯河，再转到此地。但这里客籍人颇多，问起来，都是流离颠沛的义民，今年敌寇披猖时，叶县曾被侵入，这些义民不知又转徙到什么地方去？×××集团军总部，在离城十多里的地方，我们于烟尘迷漫的黄昏中到达×军部。款待我们的都是参佐戎幕的高级幕僚，灯烛辉煌中，摆起丰盛的筵席，主客都很豪爽而坦白地吃得酒酣耳热。酒后，又到他们俱乐部看京剧，演剧的多半是幼年童子，但艺术都很有造诣，戏装的配备，和舞台一样齐整，歌声妙曼，箫管谐和，使我们忘记这是临近战区的后方重镇，陶陶然带醉而归。

南　　阳

我们在访问叶县的第二天，又在漫天黄尘里，赶到了南阳，每一个人头面上、衣襟上，都堆积了寸许厚的灰土，只剩下一对眼珠，像灰堆中两颗圆球，滚来滚去，看了彼此都要失笑。南阳是河南最大的县分，武汉失陷以后，它更成了豫南的商业枢纽，凡由界首进来货物，一路是经漯河到洛阳转陕甘，一路便经南阳到老河口转巴东而流入重庆，所以地方相当繁荣，人民也还富足，不过二十九年曾被敌人侵扰了两天，带来残酷的火焰，把东门外繁盛街道，都付之一炬了！诚实的人民，突然嗅到硝烟气味，叫那些断壁颓垣，替他们刻下了不可磨灭的仇恨！离勋①十多里地方，有××集团军总司令部，我们曾在那里盘桓了一个下午，总司令某公，躯干颀伟，态度肫挚，在抗战期中，迭建奇勋，承他告诉了许多作战经验，使我们增加不少的军事常识，去年鄂西会战，他又在那里写下了

---

① 勋，疑误。

光辉战史，我们有这样典型军人，还怕什么妖魔倭寇。

南阳出品要首推南阳绸，行销地方极广，从前他们系利用野蚕丝制成的，质料尚嫌粗硬，现已把蚕种改良，出品便柔软精细多了，可惜织机还是旧式，不能织出花纹，这点便不及川绸。其次出品便是白石器皿，因为南阳产生白矾石，有一些专门工匠，把它车制成杯盘碗盏等类东西，其有色类翡翠，状如粗玉的，便制为茶壶、戒指、镇纸等什物，都精致可观。还有一种小产品，就是木制圆箸，每副用烧红的钢钎，刻画卧龙岗全景，虽只只单独刻成，但一经排列，宛然如画，这也是一种精美的手工艺。城内街市，经过一次兵燹，已无整齐市容，除石器店外，要算广货店最多，他们商店，很多前后两重，各营一业，到前重买东西的，常似知后重另有一肆，这也是商场中一个特色。

卧龙岗

卧龙岗，是诸葛亮武侯未出山前躬耕之所，它在历史上被人尊视了一千几百年了。岗离南阳城约五六里，并不甚高，只是平地中突起一个丘陵，形状好像一只覆盂。岗上有武侯祠，院落相当广大，有好几栋不相连续的房子，被售碑帖的占住满了，但碑帖都是赝品，无一可观。几十株柏树，笔挺的高撑天，组织成绿荫的巨伞，人言这都是汉柏，确否却无法考证。正殿祀武侯像，看来很像是美俊书生，想不到他是支持汉室的一个风云人物。殿内联对很多，有一副云：

器学潜藏抱膝长吟田父乐；
经纶跃展鞠躬尽瘁老臣心。

上联是写武侯在龙岗宁静的生活，下联是写武侯负起军政重任的忠诚，到很恰当。还有一副云：

地无论宛襄有诸葛庐自堪千古；
统兹存吴魏读隆中对早定三分。

因为武侯隐居处，自来就有二说：一说是此地卧龙岗，一说是在湖北襄阳，因为那里有隆中山，山畔有武侯草庐遗迹。究竟何说为是，却无人下过断语，这副联语竟把两说都承认了，要算是佳作。我想武侯草庐何在，似不必研究，有他的彪炳勋业，自足千秋。当他入蜀时候，收新国，辅孱君，御寡民，当强敌，实面临着天下最艰难时会，但他推心置腹而厚抚之，明刑敕法而急持之，虚己布公而总揽之，慎密小心而重图之，以尽瘁自明，以谨慎自处，忠心耿耿，无一日自私，这样人格，这样忠贞，自然要得享千秋庙食。我在那里低徊以后，曾诌了一首律诗，现在把它写在下面，作为我这篇回忆的结束：

何论襄阳与宛城，卧龙祠庙自峥嵘。三臣早定偏安局，两表如闻痛哭声。当日君臣真洒落，至今朝野颂忠贞。英雄自古多遗恨，八阵图前夕照明。